U0448567

故译新编

许钧 谢天振 主编

郑振铎译作选

郑振铎 译

陈福康 编

商务印书馆

主编的话

2019年，是五四运动一百周年。最近一段时间，我们一直在思考与翻译有关的一些问题：在五四运动前后，为什么翻译活动那么活跃？为什么那么多学者、文人重视翻译、从事翻译？为什么围绕翻译，有那么多的争论或者讨论？

五四运动涉及面广，与白话文运动、新文学运动乃至新文化运动之间有着深刻的互动性和内在一致性。考察翻译活动对于五四运动的直接与间接的影响，首先引起我们关注的，是一个"新"字。新文学运动与新文化运动自不必说，"新"是其追求与灵魂。而白话文运动，虽然没有一个明确的"新"字，但相对于文言文，白话文蕴涵的就是一种"新"的生命——语言与文字的崭新统一，为新文体、新表达、新思维的产生拓展了新的可能性。

"新"首先意味着与"旧"的决裂，在这个意义上，五四运动所孕育的启蒙与革命精神体现在语言、文学、文化等各个层面。追求新，有多重途径。推陈出新，是其一，著名的文艺复兴运动具有这样的特征，拿鲁迅的话说，"在意大利文艺复兴的意义，是把古时好的东西复活，将现存坏的东西压倒"。但是，五四运动不能走这条路，鲁迅最反对的就是把旧时代的"孔子礼教"拉出来。此路不通，便只有开辟另一条道路，那就是在与孔孟之道决裂，与旧思想、旧道德决裂的同时，向域外寻求新的东西，寻求新的思想、新的道德。这样一来，翻译便成了必经之路。

如果聚焦五四运动前后的翻译，我们可以发现以下事实：一是翻译受到了前所未有的重视；二是众多学者做起了翻译工作；三是刊物登载的很多是翻译作品；四是西方的各种重要思潮通过翻译涌入了中国。就文学而言，梁启超的"欲新一国之民，不可不先新一国之小说"之思想受到了普遍认同。而要"新"中国之小说，翻译则为先导，其影响深刻而广泛。首先，借助翻译之道，中国的文人与学者有了观念的革新；其次，在不同的文学体裁的内在结构与形式方面，翻译为投身新文学运动的作家提供了可资借鉴的新路径；最后，翻译在为新文学运动注入了具有差异性的外国文学因子的同时，也给新文学运动的积极参与者开拓了进一步认识中国文学传统、反思自身，在借鉴与批判中确立自身的可能性。

一谈到五四运动前后的翻译，我们会想到梁启超、鲁迅、陈望道，还会想到戴望舒、徐志摩、郭沫若……这一个个名字，一想到他们，我们就会感觉到中外文学与文化交流史仿佛拥有了生命，是鲜活的，是涌动的。五四运动前后的这些翻译家就像是一个个重要的精神坐标，闪烁着启蒙之光，引发我们对中华文明的发展与中华民族的伟大复兴作深层次的思考。

创立于维新变法之际的商务印书馆，素有翻译之传统，是译介域外新思潮、新观念、新思想的先行者，一直起着引领的作用。在纪念五四运动一百周年之际，商务印书馆决定有选择地推出五四运动前后翻译家独具个性的"故译"，在新的时期赋予其新的生命、新的价值，于是便有了这套"故译新编"。

"故译新编"，注重翻译的开放与创造精神，收录开风气之先、勇于创造的翻译家之作。

"故译新编"，注重翻译的个性与生命，收录对文学有着独特的理解与阐释、赋予原作以新生命的翻译家之作。

"故译新编"，注重翻译的思想性，收录"敞开自身"，开辟思想解放之路的翻译家之作。

阅读参与创造，翻译成就经典，我们热切地希望，通过读者朋友具有创造性的阅读，先辈翻译家的"故译"，能在新的时期拥有新的生命，绽放新的生命之花。

许　钧　谢天振

2019 年 3 月 18 日

编辑说明

1. 本丛书所收篇目多为20世纪上半叶刊布,其语言习惯有较明显的时代印痕,且译者自有其文字风格,故不按现行用法、写法及表现手法改动原文。

2. 原书专名(人名、地名、术语等)及译名与今不统一者,亦不作改动;若同一专名在同书、同文内译法不一,则加以统一。如确系笔误、排印舛误、外文拼写错误等,则予径改。

3. 数字、标点符号的用法,在不损害原义的情况下,从现行规范校订。

4. 原书因年代久远而字迹模糊或残缺者,据所缺字数以"□"表示。

5. 编校过程中对前人整理成果多有借鉴,谨表谢意。

目录

前言 / 001

新月集

译序一 / 014

译序二 / 017

家庭 / 018

海边 / 019

来源 / 021

孩童之道 / 022

不被注意的花饰 / 024

偷睡眠者 / 026

开始 / 028

孩子的世界 / 030

时候与原因 / 031

责备 / 032

审判官 / 033

玩具 / 034

天文家 / 035

云与波 / 036

金色花 / 038

仙人世界 / 040

流放的地方 / 042

雨天 / 045

纸船 / 047

水手 / 048

对岸 / 050

花的学校 / 052

商人 / 053

同情 / 055

职业 / 056

长者 / 058

小大人 / 060

十二点钟 / 062

著作家 / 063

恶邮差 / 065

英雄 / 067

告别 / 070

召唤 / 072

第一次的茉莉 / 073

榕树/ 074

祝福/ 075

赠品/ 076

我的歌/ 077

孩子天使/ 078

最后的买卖/ 079

泰戈尔诗

园丁集/ 082

爱者之贻/ 091

歧路/ 101

吉檀迦利/ 104

世纪末日/ 110

俄国短篇小说译丛

引言/ 114

浮士德 [俄] 契利加夫/ 116

严加管束 [俄] 契利加夫/ 146

林语 [俄] 克洛林科/ 222

你是谁 [俄] 梭罗古勃/ 259

木筏之上 [苏联] 高尔基/ 275

作者略传/ 298

集外

给英国人 [英] Shellry / 304

古希腊菲洛狄摩士（Philodemus）的恋歌 / 306

东方圣人的礼物 [美] 欧·亨利 / 310

麻雀 [俄] 屠格涅夫 / 322

老太婆 [苏联] 赛甫琳娜 / 324

前言

郑振铎先生笔名西谛,是"五四"老作家、著名学者,同时也是翻译家。从"五四"时起,他就开始了翻译工作,是一个非常勤奋的翻译工作者。一开始,他译的是社会、政治方面的文章,1920年代初他开始把主要精力投入新文学运动,翻译了大量的文学作品。1954年中国作家协会举办的全国文学翻译工作大会在北京召开,他是大会主持人之一,并在开幕式上讲话。这有力地说明了他一生没有离开过翻译事业,而且是我国近代翻译工作的领导者之一。

郑振铎熟练掌握的外语,主要是英语。而他最早接触的外国文学,则是十九世纪以后的俄罗斯文学的英译本。他一生翻译的文学作品,主要可分为三大类,一是俄苏文学,二是印度文学,三是希腊罗马文学。除去零散发表的单篇译作外,成书的就有十多种。这是他一生业绩中不可忽视的一个方面。

从"五四"的前一年(1918)开始,郑振铎常常到北京青年会的图书馆去看书,开始接触俄国文学的英译本。他后来回忆说:"在那里面,有契诃夫的戏曲集和短篇小说集,有安特列夫的戏曲集,托尔斯泰的许多小说等。我对之发生了很大的兴趣。这小小的图书馆成了我常去盘桓的地方。"(《想起和济之同在一处的日子》)他的第一篇俄国小说译作,发表于1920年《时事新报·学灯》双十节增刊上。他最早接触俄国文学，有其偶然性；但又是受整个新文化运动在俄国影响下的必然性的制约，也是与他当时追求进步思想相合的。例如，他翻译的第一篇作品《神人》，虽然也许谈不上是第一流的作品，但却是原作者的代表作之一。这以后，他翻译的作品（包括俄国以外的），也都是经过他选择的，或是其内容对中国读者有参考意义，或是艺术上有鉴赏学习价值，或是外国文学史上的名人名作。这从他翻译的第二篇俄国小说就选了最杰出的作家高尔基的《木筏之上》，即可明显地看出。这篇译作发表在改革后的第二期《小说月报》上，描写木筏工人父子间的矛盾，艺术水平颇高。在译文前，郑振铎还详细地介绍了高尔基的生平，指出"在现代的生存的文人中高尔基算是最老而且最有名望的人了"，而这篇作品"也是他的短篇小说中很好的著作"。这一评价在当时很难得。鲁迅后来曾说："当屠格纳夫、柴霍夫这些作家大为中国读书界所称颂的时候，高尔基是不很有人很注意的。"（《译本高尔基〈一月九日〉小引》）十多年后，郑振铎还把这篇译作收入他的《俄国短篇小说译丛》中，并在引言中指出此篇小说"有如逢到大自然的黑夜，风雨交加，电鞭不时的一闪的情景，那'力'是那样的伟大"。这篇作品后来多次被汉译,深受中国读者喜爱。

在1920年代前期,郑振铎翻译的俄国文学单篇作品,还有梭罗古勃的童话、克雷洛夫的寓言、普希金的小悲剧、安特列夫的小说、屠格涅夫的散文诗、阿志巴绥夫的小说,等等。从体裁上看,是丰富多彩不拘一格的。1920年代末以后,他更重视苏联革命文学。例如,他介绍美国出版的苏联作家小说选集《蔚蓝的城》,认为此书"颇足以代表苏俄的今日的创作界",并认为"对于许多想知道这个'共产国'的真实情形的人,这部书确是很重要"。指出此书"将一个社会,一个崭新的社会,真切无伪的表现出来","一切正面的或反面的宣传文字,都敌不过它"。他并将主编的《文学周报》某几期合刊编成《苏俄小说专号》,还亲自翻译发表了《蔚蓝的城》中著名女作家赛甫琳娜的《老太婆》。这篇小说描写了一个对无产阶级革命不理解,甚至不理睬自己的共产党员儿子的老太婆,"写出人间有力的乡下男女,宣传新的福音,新的信仰,勇敢的反抗旧势力,做新潮的先锋"。1933年,郑振铎发表了所译契利加夫的小说《严加管束》,并在"译者附言"中明确指出:"我很喜欢他的东西。这篇《严加管束》,尤使我读了发生感动。所以把它译出,献给为光明而争斗的青年勇士们。"他还写道:"我们读了,将有怎样的感想？在我们这边，在此刻，有没有这类的事发生？有没有比这类事更残酷若干倍的事发生？受苦难的青年们所遇到的是怎样的待遇？……但青年的勇士们是扫荡不尽的；明知那是火，那是阱，为了光明，为了群众，却偏要向前走；人类是有那么傻，是有那么勇敢！悲剧，不过造就无数像Prometheus（普罗米修斯）般的伟大的人物而已。"

除了单篇发表的译作外，郑振铎翻译成书出版的俄苏文学作品，有契诃夫的《海鸥》、史拉美克的《六月》、奥斯特洛夫斯基的《贫非罪》等三部戏剧，路卜洵的《灰色马》、阿志巴绥夫的《沙宁》等两部长篇小说和一部《俄国短篇小说译丛》。

郑振铎翻译的印度文学作品，一个是泰戈尔的诗歌。泰戈尔是具有世界声誉的诗人，东方第一个诺贝尔文学奖的获得者，也是印度近代对中国影响最大的作家，他的诗歌在中国获得了众多读者的欣赏。郑振铎从事泰氏诗歌的翻译工作，主要在1920年代初。1920年8月，郑振铎主编的《人道》月刊发表他译的泰氏《吉檀迦利》中的22首；在这组译诗前，又有他译的《新月集》中的1首《我的歌》作为序诗。1921年《小说月报》改革后和《文学旬刊》创刊后，他更在上面经常发表泰氏诗的翻译。郑振铎翻译泰戈尔诗歌有几百首之多，分别选自泰氏当时所有已有英译的六本诗集《园丁集》《新月集》《采果集》《飞鸟集》《吉檀迦利》《爱者之贻与歧路》。1922年郑振铎出版了他翻译的《飞鸟集》，这是我国最早的一部泰戈尔译诗。翌年又出版了他翻译的《新月集》。1925年又将除了上述两诗集以外他所译的泰氏诗编成《泰戈尔诗》出版（初版名为《太戈尔诗》，但没把他的译诗收全）。同年，他还出版了我国第一本《泰戈尔传》。我国的印度文学研究专家石真才指出："可以说中国最早较有系统地介绍和研究泰戈尔的是西谛先生。"（《泰戈尔诗选》"前言"）

郑振铎翻译的印度文学作品，还有一个是古代寓言。印度是世界上寓言发展最早的国家之一，它与中国、希腊并列而为世界寓言的三大发源地。郑振铎早在1922年主编《儿童世界》周刊时，即有过印度寓言的译述；而在1924、1925年间，他曾在主编的《小说月报》《文学》周刊上发表过60多篇印度寓言。1925年出版了《印度寓言》一书，共收他的译作55篇。而此书本来是作为上册出版的，其下册拟译《百喻经》等。可惜他除在刊物上发表了7篇选自《百喻经》的译作外，未能继续译下去，也未能再出版下册。这一册《印度寓言》亦曾深得中国读者（包括少年儿童）的欢迎。

印度学者海曼歌·比斯瓦斯在1958年《悼念郑振铎》一文中指出：“我们印度人是把他当作最早的印度学者来热爱的，在当代，他可能是第一个把印度古典和现代的文学介绍给中国读者的人。他同样也是当前中印文化交流的先驱。”这是印度人对郑振铎在印度文学翻译介绍方面的贡献的高度评定。

郑振铎也很早就对希腊、罗马文学有所译介了。例如，1924年3月的《文学》周刊上，就有他译述的《阿波罗与妲芬》。当时有关希腊神话的中文书籍极少。郑振铎在译文前写道：“我近来对于神话，很感到兴趣，它们不唯是研究初民的思想及其他所必须注意的，而在文学上也有极高的价值，尤其是希腊的神话。希腊的神话具有永永不磨的美丽与趣味，它们的故事，常常为欧洲许多最好的诗人、画家、雕刻家、论文家、小说家等等的最好的原料。它们的血液，已倾注入欧洲文学的脉管里；我们如非知道它们，则对于欧洲诸诗人、诸画家、诸雕刻家等等的作品，必有难以领解之苦。”《阿波罗与妲芬》在发表时还有一个副标题“希腊神话之一”，说明他原计划还要继续译述下去。但可惜后来因为工作太忙而未果。当时，他还曾计划编辑出版一套《希腊罗马文学丛书》，可惜后来也没有编成。与此同时，他在撰写《文学大纲》时，在第四章"希腊的神话"、第九章"希腊与罗马"中，曾相当全面地译述了希腊罗马神话传说，共约五万字。因此，郑振铎无疑是我国较早的比较系统地翻译介绍希腊罗马文学的人。

1927年郑振铎因政治避难寓居西欧时，又译述起希腊罗马神话来了。他当时有一个宏大的计划，即在《希腊罗马的神话与传说》的总题下，共编译成三部书。第一部为《神谱》，第二部为《英雄传说》，第三部为《恋爱的故事》。但他因孤身海外，时常思念祖国，思念亲友，特别是妻子，所以就先从《恋爱的故事》入手。随译随寄给上海《小说月报》，从1928年3月起，以《希腊罗马神话传说中的恋爱故事》为题连载，至12月止，共成26篇。后于1929年以《恋爱的故事》为书名出版。他回国以后，又着手《希腊罗马神话传说中的英雄传说》的译述，于1930年1月起，在《小说月报》上连载，至翌年6月止，共38篇。后在1935年以《希腊神话》为书名出版。

这里需要说明，"译述"一词也是郑振铎自己用的。因为：一、他在翻译希腊罗马神话时并不完全照译，常有删节，或在描述上有所发挥；二、希腊罗马神话本身有各种不同的"版本"，互有详略，甚至有异说，他在博览群书的基础上更放出自己的眼光加以选择与组织。这就表明他不仅仅是做翻译工作，同时也是做研究工作。当时就有读者指出"郑先生没有老老实实为我们翻译一部希腊神话集"，这样的著作在西方多极了，而"他不贪图这种事半功倍的懒办法，却……从原有的材料里，从古代的文学与记载里去'编著'一大部'神话'。……这种编著的方法是很可贵的"。（罗念生：《郑振铎编著希腊神话》）

这两部书风格有异，但都具有艺术魅力。当时的《小说月报》介绍说："这部《英雄传说》便是继续《恋爱的故事》之后而写的；彼胥为缠绵悱恻，哀感顽艳的故事，此则以雄健奔放的笔调，写云驰电掣的古英雄的冒险与争斗，其中更杂以恋爱的遭遇，若美狄亚，若狄杜诸故事，皆足以震人肺腑，似较《恋爱的故事》为尤哀艳。取材方面，也更为广博；于《神谱》《图书记》《变形记》诸作之外，更尽量的引用希腊诸大悲剧家的著作与罗马 Virgil 诸人之作。"郑振铎后来虽因工作太忙等缘故，没有照原计划将《神谱》也译出来，但这几乎不成为缺憾，因为那是缺乏文学性的部分。郑振铎在《希腊神话》的序中说："在这书里，许多重要的希腊故事，除了《伊利亚特》和《奥特塞》的二大故事之外，大致都已不缺失什么了。"而这二大史诗，其实他也是译述成稿的，可惜在1932年"一·二八"战事中被日本侵略炮火炸毁。因此,郑振铎对希腊罗马神话传说的译述,不仅是国内较早的,而且也是较全面的。更值得指出的是,1930年代郑振铎译述希腊罗马文学时,已不仅仅从文学意义角度着眼,而且还具有社会学、美学的新目光。他在《取火者的逮捕·序》中就指出:"神话里的天和地,根本上便不是人类幻想的结果,而是记录着真实的古代人的苦斗的经过,以及他们的心灵上所印染的可能的争斗的实感与其他一切的人生的印象的。所以,所谓神话的'美',并不是像绿玉、白璧,乃至莹圆的珠、深红的珊瑚般的只供观赏赞叹之资的,而有着更深入的社会的意义在着。"他认为希腊神话充满着对立面的斗争,和被压迫者的"反抗的调子"。中华人民共和国成立后,他在《希腊神话》再版本(改名为《希腊神话与英雄传说》)的新序中,还引用了马克思在《〈政治经济学批判〉导言》中关于古代神话的著名论述,来分析希腊神话何以有永久的吸引力。

除了上述主要的三大类翻译作品外,郑振铎另外还翻译发表过美国欧·亨利的短篇小说、德国莱辛的寓言、丹麦的民歌、高加索的民间故事、欧洲童话《列那狐的历史》等等,这里限于篇幅,都不一一评述了。

郑振铎掌握的外语,主要是英语;但他对英美文学的翻译却相对最少。而上述三大类外国文学，他都是从英文转译的。因此，可以说他主要做的是重译的工作。在这一工作中，他既有全译，也有选译、节译、译述等等，从多方面作了实践。郑振铎的翻译活动，对中国新文学的发展无疑起了进步作用。因为他主要从事翻译的时期，正是我国新文学翻译事业的基建阶段，他的译作起了重要的示范作用。而且，他往往注意了别人很少注意的国度的作品，带有填补空白和开拓风气的意义。因此，他的译作在中国文学翻译史上应该占有光荣的一页。另外还必须说一下的是，郑振铎不仅一生从事翻译工作，而且还在翻译理论方面和翻译组织工作方面作出过极其重要的贡献。

因受限于篇幅，本书选收了1954年修订重版的郑振铎译泰戈尔《新月集》、1925年出版的郑振铎译《泰戈尔诗》（为泰戈尔《园丁集》《爱者之贻》《歧路》《吉檀迦利》《采果集》《世纪末日》的选译本）、1936年出版的郑振铎译《俄国短篇小说译丛》等三部书，及若干集外的郑振铎译作。需要说明的是，《泰戈尔诗》一书中的《采果集》部分实为赵景深所译，在《泰戈尔诗》《俄国短篇小说译丛》二书中还收有少量其他译者的译作，我们均已删去。

陈福康　2019年4月
写于福州外语外贸学院郑振铎研究所

新月集

译序一

我对于泰戈尔诗最初发生浓厚的兴趣,是在第一次读《新月集》的时候。那时离现在将近五年,许地山君坐在我家的客厅里,长发垂到两肩,在黄昏的微光中对我谈到泰戈尔的事。他说,他在缅甸时,看到泰戈尔的画像,又听人讲到他,便买了他的诗集来读。过了几天,我到许地山君的宿舍里去。他说:"我拿一本泰戈尔的诗选送给你。"他便到书架上去找那本诗集。我立在窗前,四围静悄悄的,只有水池中喷泉的潺潺的声音。我很寂静的在等候读那美丽的书。他不久便从书架上取下很小的一本绿纸面的书来,他说:"这是一个日本人选的泰戈尔诗,你先拿去看看。泰戈尔不多几时前曾到过日本。"我坐了车回家,在归途中,借着新月与市灯的微光,约略的把它翻看了一遍。最使我喜欢的是它当中所选的几首《新月集》的诗。那一夜,在灯下又看了一次。第二天,地山见我时,问道:"你最喜欢哪几首?"我说:"《新月集》的几首。"他隔了几天,又拿了一本很美丽的书给我,他说:"这就是《新月集》。"从那时后,《新月集》便常在我的书桌上;直到现在,我还时时把它翻开来读。

我译《新月集》也是受地山君的鼓励。有一天，他把他所译的《吉檀迦利》的几首诗给我看，都是用古文译的。我说："译得很好，但似乎太古奥了。"他说："这一类的诗，应该用古奥的文体译。至于《新月集》，却又须用新妍流畅的文字译。我想译《吉檀迦利》，你为何不译《新月集》呢？"于是我与他约，我们同时动手译这两部书。此后二年中，他的《吉檀迦利》固未译成，我的《新月集》，也时译时辍。直至《小说月报》改革后，我才把自己所译的《新月集》在它上面发表了几首。地山译的《吉檀迦利》却始终没有再译下去，已译的几首，也始终不肯拿出来发表。许多朋友却时时的催我把这个工作做完。那时我正有选译泰戈尔诗的计划，便一方面把旧译稿整理一下，一方面又新译了八九首出来；结果便成了现在的这个译本。

我喜欢《新月集》，如我之喜欢安徒生的童话。安徒生的文字美丽而富有诗趣。他有一种不可测的魔力，能把我们带到美丽和平的花的世界、虫的世界、人鱼的世界里去；能使我们随了他走进有静的方池的绿水、有美的挂在黄昏的天空的雨后弧虹等等的天国里去。《新月集》也具有这种不可测的魔力。它把我们从怀疑、贪婪的罪恶的世界，带到秀嫩天真的儿童的新月之国里去。它能使我们重复回到坐在泥土里以枯枝断梗为戏的时代；它能使我们在心里重温着在海滨以贝壳为餐具、以落叶为舟、以绿草上的露点为圆珠的儿童的梦。总之，我们只要一翻开它来，便立刻如得到两只有魔术的翼翅，可以使自己飞翔到美静天真的儿童国里去。而这个儿童的天国便是作者的一个理想国。

我应该向许地山君表示谢意；他除了鼓励我以外，在这个译本写好时，还曾为我校读了一次。

一九二三年八月二十二日

译序二

我在一九二三年的时候,曾把泰戈尔的《新月集》译为中文出版。但在那个译本里,并没有把这部诗集完全译出,这部诗集的英文本共有诗四十首,我只译出了三十一首。现在把我的译本重行校读了一下,重译并改正了不少地方,同时,并把没有译出的九首也补译了出来。这可算是《新月集》的一部比较完整的译本了。

应该在这里谢谢孙家晋同志,他花了好几天的工夫,把我的译文仔细的校读了一遍,有好几个地方是采用了他的译法的。

一九五四年八月六日

家庭

我独自在横跨过田地的路上走着,夕阳像一个守财奴似的,正藏起它的最后的金子。

白昼更加深沉的没入黑暗之中,那已经收割了的孤寂的田地,默默的躺在那里。

天空里突然升起了一个男孩子的尖锐的歌声。他穿过看不见的黑暗,留下他的歌声的辙痕跨过黄昏的静谧。

他的乡村的家坐落在荒凉的土地的边上,在甘蔗田的后面,躲藏在香蕉树、瘦长的槟榔树、椰子树和深绿色的贾克果树的阴影里。

我在星光下独自走着的路上停留了一会,我看见黑沉沉的大地展开在我的面前,用她的手臂拥抱着无量数的家庭,在那些家庭里有着摇篮和床铺,母亲们的心和夜晚的灯,还有年轻轻的生命,他们满心欢乐,却浑然不知这样的欢乐对于世界的价值。

海边

孩子们会集在无边无际的世界的海边。

无垠的天穹静止的临于头上,不息的海水在足下汹涌。孩子们会集在无边无际的世界的海边,叫着,跳着。

他们拿沙来建筑房屋,拿空贝壳来做游戏。他们把落叶编成了船,笑嘻嘻的把它们放到大海上。孩子们在世界的海边,做他们的游戏。

他们不知道怎样泅水,他们不知道怎样撒网。采珠的人为了珠潜水,商人在他们的船上航行,孩子们却只把小圆石聚了又散。他们不搜求宝藏;他们不知道怎样撒网。

大海哗笑着涌起波浪,而海滩的微笑荡漾着淡淡的光芒。致人死命的波涛,对着孩子们唱无意义的歌曲,就像一个母亲在摇动她孩子的摇篮时一样。大海和孩子们一同游戏,而海滩的微笑荡漾着淡淡的光芒。

孩子们会集在无边无际的世界的海边。狂风暴雨飘游在无辙迹的天空上,航船沉碎在无辙迹的海水里,死正在外面活动,孩子们却在游戏。在无边无际的世界的海边,孩子们大会集着。

来源

流泛在孩子两眼的睡眠，——有谁知道它是从什么地方来的？是的，有个谣传，说它是住在萤火虫朦胧的照耀着林荫的仙村里，在那个地方，挂着两个迷人的惴怯的蓓蕾。它便是从那个地方来吻孩子的两眼的。

当孩子睡时，在他唇上浮动着的微笑——有谁知道它是从什么地方生出来的？是的，有个谣传，说新月的一线年轻的清光，触着将消未消的秋云边上，于是微笑便初生在一个浴在清露里的早晨的梦中了。——当孩子睡时，微笑便在他的唇上浮动着。

甜蜜柔嫩的新鲜生气，像花一般的在孩子的四肢上开放着——有谁知道它在什么地方藏得这样久？是的，当妈妈还是一个少女的时候，它已在爱的温柔而沉静的神秘中，潜伏在她的心里了。——甜蜜柔嫩的新鲜生气，像花一般的在孩子的四肢上开放着。

孩童之道

只要孩子愿意,他此刻便可飞上天去。

他所以不离开我们,并不是没有缘故。

他爱把他的头倚在妈妈的胸间,他即使是一刻不见她,也是不行的。

孩子知道各式各样的聪明话,虽然世间的人很少懂得这些话的意义。

他所以永不想说,并不是没有缘故。

他所要做的一件事,就是要学习从妈妈的嘴唇里说出来的话。那就是他所以看来这样天真的缘故。

孩子有成堆的黄金与珠子,但他到这个世界上来,却像一个乞丐。

他所以这样假装了来,并不是没有缘故。

这个可爱的小小的裸着身体的乞丐,所以假装着完全无助的样子,便是想要乞求妈妈的爱的财富。

孩子在纤小的新月的世界里,是一切束缚都没有的。

他所以放弃了他的自由,并不是没有缘故。

他知道有无穷的快乐藏在妈妈的心的小小一隅里,被妈妈亲爱的手臂所拥抱,其甜美远胜过自由。

孩子永不知道如何哭泣。他所住的是完全的乐土。

他所以要流泪,并不是没有缘故。

虽然他用了可爱的脸儿上的微笑,引逗得他妈妈的热切的心向着他,然而他的因为细故而发的小小的哭声,却编成了怜与爱的双重约束的带子。

不被注意的花饰

啊，谁给那件小外衫染上颜色的，我的孩子？谁使你的温软的肢体穿上那件红的小外衫的？

你在早晨就跑出来到天井里玩儿，你，跑着就像摇摇欲跌似的。

但是谁给那件小外衫染上颜色的，我的孩子？

什么事叫你大笑起来的，我的小小的命芽儿？

妈妈站在门边，微笑的望着你。

她拍着她的双手，她的手镯叮当的响着，你手里拿着你的竹竿儿在跳舞，活像一个小小的牧童儿。

但是什么事叫你大笑起来的，我的小小的命芽儿？

喔，乞丐，你双手攀搂住妈妈的头颈，要乞讨些什么？

喔，贪得无厌的心，要我把整个世界从天上摘下来，像摘一个果子似的，把它放在你的一双小小的玫瑰色的手掌上么？

喔，乞丐，你要乞讨些什么？

风高兴的带走了你踝铃的叮当。

太阳微笑着,望着你的打扮。

当你睡在你妈妈的臂弯里时,天空在上面望着你,而早晨蹑手蹑脚的走到你的床跟前,吻着你的双眼。

风高兴的带走了你踝铃的叮当。

仙乡里的梦婆飞过朦胧的天空,向你飞来。

在你妈妈的心头上,那世界母亲,正和你坐在一块儿。

他,向星星奏乐的人,正拿着他的横笛,站在你的窗边。

仙乡里的梦婆飞过朦胧的天空,向你飞来。

偷睡眠者

谁从孩子的眼里把睡眠偷了去呢？我一定要知道。

妈妈把她的水罐挟在腰间，走到近村汲水去了。

这是正午的时候。孩子们游戏的时间已经过去了；池中的鸭子沉默无声。

牧童躺在榕树的荫下睡着了。

白鹤庄重而安静的立在檬果树边的泥泽里。

就在这个时候，偷睡眠者跑来从孩子的两眼里捉住睡眠，便飞去了。

当妈妈回来时，她看见孩子四肢着地的在屋里爬着。

谁从孩子的眼里把睡眠偷了去呢？我一定要知道。我一定要找到她，把她锁起来。

我一定要向那个黑洞里张望。在这个洞里，有一道小泉从圆的和有皱纹的石上滴下来。

我一定要到醉花[1]林中的沉寂的树影里搜寻，在这林中，鸽子在它们住的地方咕咕的叫着，仙女的脚环在繁星满天的静夜里叮当的响着。

我要在黄昏时，向静静的萧萧的竹林里窥望，在这林中,萤火虫闪闪的耗费它们的光明,只要遇见一个人,我便要问他:"谁能告诉我偷睡眠者住在什么地方?"

谁从孩子的眼里把睡眠偷了去呢?我一定要知道。

只要我能捉住她,怕不会给她一顿好教训!

我要闯入她的巢穴,看她把所有偷来的睡眠藏在什么地方。

我要把它都夺来,带回家去。

我要把她的双翼缚得紧紧的,把她放在河边,然后叫她拿一根芦苇在灯心草和睡莲间钓鱼为戏。

黄昏,街上已经收了市,村里的孩子们都坐在妈妈的膝上时,夜鸟便会讥笑的在她耳边说:

"你现在还想偷谁的睡眠呢?"

注释:

1 醉花(Bakula),学名 Mimusops Elengi。印度传说美女口中吐出香液,此花始开。

开始

"我是从哪儿来的,你,在哪儿把我捡起来的?"孩子问他的妈妈说。

她把孩子紧紧的搂在胸前,半哭半笑的答道——

"你曾被我当作心愿藏在我的心里,我的宝贝。

"你曾存在于我孩童时代玩的泥娃娃身上;每天早晨我用泥土塑造我的神像,那时我反复的塑了又捏碎了的就是你。

"你曾和我们的家庭守护神一同受到祀奉,我崇拜家神时也就崇拜了你。

"你曾活在我所有的希望和爱情里,活在我的生命里,我母亲的生命里。

"在主宰着我们家庭的不死的精灵的膝上,你已经被抚育了好多代了。

"当我做女孩子的时候,我的心的花瓣儿张开,你就像一股花香似的散发出来。

"你的软软的温柔,在我青春的肢体上开花了,像太阳出来之前的天空上的一片曙光。

"上天的第一宠儿,晨曦的孪生兄弟,你从世界的生命的溪流浮泛而下，终于停泊在我的心头。

"当我凝视你的脸蛋儿的时候，神秘之感湮没了我；你这属于一切人的，竟成了我的。

"为了怕失掉你，我把你紧紧的搂在胸前。是什么魔术把这世界的宝贝引到我这双纤小的手臂里来的呢？"

孩子的世界

我愿我能在我孩子自己的世界的中心,占一角清净地。

我知道有星星同他说话,天空也在他面前垂下,用它傻傻的云朵和彩虹来娱悦他。

那些大家以为他是哑的人,那些看去像是永不会走动的人,都带了他们的故事,捧了满装着五颜六色的玩具的盘子,匍匐的来到他的窗前。

我愿我能在横过孩子心中的道路上游行,解脱了一切的束缚;

在那儿,使者奉了无所谓的使命奔走于无史的诸王的王国间;

在那儿,理智以她的法律造为纸鸢而飞放,真理也使事实从桎梏中自由了。

时候与原因

当我给你五颜六色的玩具的时候，我的孩子，我明白了为什么云上水上是这样的色彩缤纷，为什么花朵上染上绚烂的颜色的原因了——当我给你五颜六色的玩具的时候，我的孩子。

当我唱着使你跳舞的时候，我真的知道了为什么树叶儿响着音乐，为什么波浪把它们的合唱的声音送进静听着的大地的心头的原因了——当我唱着使你跳舞的时候。

当我把糖果送到你贪得无厌的双手上的时候，我知道了为什么在花萼里会有蜜，为什么水果里会秘密的充溢了甜汁的原因了——当我把糖果送到你贪得无厌的双手上的时候。

当我吻着你的脸蛋儿叫你微笑的时候，我的宝贝，我的确明白了在晨光里从天上流下来的是什么样的快乐，而夏天的微飔吹拂在我的身体上的又是什么样的爽快——当我吻着你的脸蛋儿叫你微笑的时候。

责备

为什么你眼里有了眼泪,我的孩子?

他们真是可怕,常常无谓的责备你!

你写字时墨水玷污了你的手和脸——这就是他们所以骂你龌龊的缘故么?

呵,呸!他们也敢因为圆圆的月儿用墨水涂了脸,便骂它龌龊么?

他们总要为了每一件小事去责备你,我的孩子。他们总是无谓的寻人错处。

你游戏时扯破了你的衣服——这就是他们所以说你不整洁的缘故么?

呵,呸!秋之晨从它的破碎的云衣中露出微笑,那么,他们要叫它什么呢?

他们对你说什么话,尽管可以不去理睬他,我的孩子。

他们把你做错的事长长的记了一笔账。

谁都知道你是十分喜欢糖果的——这就是他们所以称你做贪婪的缘故么?

呵,呸!我们是喜欢你的,那么,他们要叫我们什么呢?

审判官

你想说他什么尽管说罢,但是我知道我孩子的短处。

我爱他并不因为他好,只是因为他是我的小小的孩子。

你如果把他的好处与坏处两两相权一下,恐怕你就会知道他是如何的可爱罢?

当我必须责罚他的时候,他更成为我的生命的一部分了。

当我使他眼泪流出时,我的心也和他同哭了。

只有我才有权去骂他,去责罚他,因为只有热爱人的才可以惩戒人。

玩具

孩子，你真是快活呀，一早晨坐在泥土里，耍着折下来的小树枝儿。

我微笑的看你在那里耍着那根折下来的小树枝儿。

我正忙着算账，一小时一小时在那里加叠数字。

也许你在看我，想道："这种好没趣的游戏，竟把你的一早晨的好时间浪费掉了！"

孩子，我忘了聚精会神玩耍树枝与泥饼的方法了。

我寻求贵重的玩具，收集金块与银块。

你呢，无论找到什么便去做你的快乐的游戏；我呢，却把我的时间与力气都浪费在那些我永不能得到的东西上。

我在我的脆薄的独木船里挣扎着要航过欲望之海，竟忘了我也是在那里做游戏了。

天文家

我不过说:"当傍晚圆圆的满月挂在迦昙波[1]的枝头时,有人能去捉住它么?"

哥哥却对我笑道:"孩子呀,你真是我所见到的顶顶傻的孩子。月亮离我们这样远,谁能去捉住它呢?"

我说:"哥哥,你真傻!当妈妈向窗外探望,微笑着往下看我们游戏时,你也能说她远么?"

哥哥还是说:"你这个傻孩子!但是,孩子,你到哪里去找一个大得能逮住月亮的网呢?"

我说:"你自然可以用双手去捉住它呀。"

但是哥哥还是笑着说:"你真是我所见到的顶顶傻的孩子!如果月亮走近了,你便知道它是多么大了。"

我说:"哥哥,你们学校里所教的,真是没有用呀!当妈妈低下脸儿跟我们亲嘴时,她的脸看来也是很大的么?"

但是哥哥还是说:"你真是一个傻孩子。"

注释:

1 迦昙波,原名 Kadam,亦作 Kadamba,学名 Namlea Cadamba,意译"白花",即昙花。

云与波

妈妈,住在云端的人对我唤道——

"我们从醒的时候游戏到白日终止。

我们与黄金色的曙光游戏,我们与银白色的月亮游戏。"

我问道:"但是,我怎么能够上你那里去呢?"

他们答道:"你到地球的边上来,举手向天,就可以被接到云端里来了。"

"我妈妈在家里等我呢,"我说,"我怎么能离开她而来呢?"

于是他们微笑着浮游而去。

但是我知道一件比这个更好的游戏,妈妈。

我做云,你做月亮。

我用两只手遮盖你,我们的屋顶就是青碧的天空。

住在波浪上的人对我唤道——

"我们从早晨唱歌到晚上;我们前进前进的旅行,也不知我们所经过的是什么地方。"

我问道:"但是,我怎么能加入你们队伍里去呢?"

他们告诉我说:"来到岸旁,站在那里,紧闭你的两眼,你就被带到波浪上来了。"

我说:"傍晚的时候,我妈妈常要我在家里——我怎么能离开她而去呢?"

于是他们微笑着,跳舞着奔流过去。

但是我知道一件比这个更好的游戏。

我是波浪,你是陌生的岸。

我奔流而进,进,进,笑哈哈的撞碎在你的膝上。

世界上就没有一个人会知道我们俩在什么地方。

金色花

假如我变了一朵金色花[1],只是为了好玩,长在那棵树的高枝上,笑哈哈的在风中摇摆,又在新生的树叶上跳舞,妈妈,你会认识我么?

你要是叫道:"孩子,你在哪里呀?"我暗暗的在那里匿笑,却一声儿不响。

我要悄悄的开放花瓣儿,看着你工作。

当你沐浴后,湿发披在两肩,穿过金色花的林荫,走到你做祷告的小庭院时,你会嗅到这花的香气,却不知道这香气是从我身上来的。

当你吃过中饭,坐在窗前读《罗摩衍那》[2],那棵树的阴影落在你的头发与膝上时,我便要投我的小小的影子在你的书页上,正投在你所读的地方。

但是你会猜得出这就是你的小孩子的小影子么?

当你黄昏时拿了灯到牛棚里去,我便要突然的再落到地上来,又成了你的孩子,求你讲个故事给我听。

"你到哪里去了,你这坏孩子?"

"我不告诉你,妈妈。"这就是你同我那时所要说的话了。

注释：

1　金色花，原名 Champa，亦作 Champak，学名 Michelia Champaca，印度圣树，木兰花属植物，开金黄色碎花。译名亦作"瞻波伽"或"占博迦"。

2　《罗摩衍那》（Ramayana）为印度叙事诗，相传系蚁蛭（Valmiki）所作。今传本形式约为公元二世纪间所形成。全书分为七卷，共二万四千颂，皆系叙述罗摩生平之作。罗摩即罗摩犍陀罗，十车王之子，悉多之夫。他于第二世（Treta yaga）入世，为毘湿奴神第七化身。印人看他为英雄，有崇拜他如神的。

仙人世界

如果人们知道了我的国王的宫殿在哪里,它就会消失在空气中的。

墙壁是白色的银,屋顶是耀眼的黄金。

皇后住在有七个庭院的宫苑里;她戴的一串珠宝,值得整整七个王国的全部财富。

不过,让我悄悄的告诉你,妈妈,我的国王的宫殿究竟在哪里。

它就在我们阳台的角上,在那栽着杜尔茜花的花盆放着的地方。

公主躺在远远的隔着七个不可逾越的重洋的那一岸沉睡着。

除了我自己,世界上便没有人能够找到她。

她臂上有镯子,她耳上挂着珍珠;她的头发拖到地板上。

当我用我的魔杖点触她的时候,她就会醒过来;而当她微笑时,珠玉将会从她唇边落下来。

不过,让我在你的耳朵边悄悄的告诉你,妈妈;她就住在我们阳台的角上,在那栽着杜尔茜花的花盆放着的地方。

当你要到河里洗澡的时候,你走上屋顶的那座阳台来罢。

我就坐在墙的阴影所聚会的一个角落里。

我只让小猫儿跟我在一起,因为它知道那故事里的理发匠住的地方。

不过,让我在你的耳朵边悄悄的告诉你,那故事里的理发匠到底住在哪里。

他住的地方,就在阳台的角上,在那栽着杜尔茜花的花盆放着的地方。

流放的地方

妈妈，天空上的光成了灰色了；我不知道是什么时候了。

我玩得怪没劲儿的，所以到你这里来了。这是星期六，是我们的休息日。

放下你的活计，妈妈；坐在靠窗的一边，告诉我童话里的特潘塔沙漠在什么地方？

雨的影子遮掩了整个白天。

凶猛的电光用它的爪子抓着天空。

当乌云在轰轰的响着，天打着雷的时候，我总爱心里带着恐惧爬伏到你的身上。

当大雨倾泻在竹叶子上好几个钟头，而我们的窗户为狂风震得格格发响的时候，我就爱独自和你坐在屋里，妈妈，听你讲童话里的特潘塔沙漠的故事。

它在哪里，妈妈？在哪一个海洋的岸上？在哪些个山峰的脚下？在哪一个国王的国土里？

田地上没有此疆彼壤的界石，也没有村人在黄昏时走回家的，或妇人在树林里捡拾枯枝而捆载到市场上去的道路。沙地上只有一小块一小块的黄色草地，只有一株树，就是那一对聪明的老鸟儿在那里做窝的，那个地方就是特潘塔沙漠。

我能够想象得到，就在这样一个乌云密布的日子，国王的年轻的儿子，怎样的独自骑着一匹灰色马，走过这个沙漠，去寻找那被囚禁在不可知的重洋之外的巨人宫里的公主。

当雨雾在遥远的天空下降，电光像一阵突然发作的痛楚的痉挛似的闪射的时候，他可记得他的不幸的母亲，为国王所弃，正在扫除牛棚，眼里流着眼泪，当他骑马走过童话里的特潘塔沙漠的时候？

看，妈妈，一天还没有完，天色就差不多黑了，那边村庄的路上没有什么旅客了。

牧童早就从牧场上回家了，人们都已从田地里回来，坐在他们草屋的檐下的草席上，眼望着阴沉的云块。

妈妈，我把我所有的书本都放在书架上了——不要叫我现在做功课。

当我长大了，大得像爸爸一样的时候，我将会学到必须学到的东西的。

但是，今天你可得告诉我，妈妈，童话里的特潘塔沙漠在什么地方？

雨天

乌云很快的集拢在森林的黝黑的边缘上。

孩上,不要出去呀!

湖边的一行棕树,向暝暗的天空撞着头;羽毛零乱的乌鸦,静悄悄的栖在罗望子的枝上,河的东岸正被乌沉沉的暝色所侵袭。

我们的牛系在篱上,高声鸣叫。

孩子,在这里等着,等我先把牛牵进牛棚里去。

许多人都挤在池水泛溢的田间,捉那从泛溢的池中逃出来的鱼儿;雨水成了小河,流过狭弄,好像一个嬉笑的孩子从他妈妈那里跑开,故意要恼她一样。

听呀,有人在浅滩上喊船夫呢。

孩子,天色暝暗了,渡头的摆渡船已经停了。

天空好像是在滂沱的雨上快跑着;河里的水喧叫而且暴躁;妇人们早已拿着汲满了水的水罐,从恒河畔匆匆的回家了。

夜里用的灯,一定要预备好。

孩子,不要出去呀!

到市场去的大道已没有人走,到河边去的小路又很滑。

风在竹林里咆哮着,挣扎着,好像一只落在网中的野兽。

纸船

我每天把纸船一个个放在急流的溪中。

我用大黑字写我的名字和我住的村名在纸船上。

我希望住在异地的人会得到这纸船,知道我是谁。

我把园中长的秀利花载在我的小船上,希望这些黎明开的花能在夜里平平安安的带到岸上。

我投我的纸船到水里,仰望天空,看见小朵的云正张着满鼓着风的白帆。

我不知道天上有我的什么游伴把这些船放下来同我的船比赛!

夜来了,我的脸埋在手臂里,梦见我的纸船在子夜的星光下缓缓的浮泛前去。

睡仙坐在船里,带着满载着梦的篮子。

水手

船夫曼特胡的船只停泊在拉琪根琪码头。

这只船无用的装载着黄麻,无所事事的停泊在那里已经好久了。

只要他肯把他的船借给我,我就给它安装一百只桨,扬起五个或六个或七个布帆来。

我决不把它驾驶到愚蠢的市场上去。

我将航行遍仙人世界里的七个大海和十三条河道。

但是,妈妈,你不要躲在角落里为我哭泣。

我不会像罗摩犍陀罗[1]似的,到森林中去,一去十四年才回来。

我将成为故事中的王子,把我的船装满了我所喜欢的东西。

我将带我的朋友阿细和我作伴。我们要快快乐乐的航行于仙人世界里的七个大海和十三条河道。

我将在绝早的晨光里张帆航行。

中午,你正在池塘里洗澡的时候,我们将在一个陌生的国王的国土上了。

我们将经过特浦尼浅滩,把特潘塔沙漠抛落在我们的后边。

当我们回来的时候,天色快黑了,我将告诉你我们所见到的一切。

我将越过仙人世界里的七个大海和十三条河道。

注释:

1 罗摩犍陀罗即罗摩。他是印度叙事诗《罗摩衍那》中的主角。为了尊重父亲的诺言和维持弟兄间的友爱,他抛弃了继承王位的权利,和妻子悉多在森林中被放逐了十四年。

对岸

我渴想到河的对岸去,

在那边,好些船只一行儿系在竹竿上;

人们在早晨乘船渡过那边去,肩上扛着犁头,去耕耘他们的远处的田;

在那边,牧人使他们鸣叫着的牛游泳到河旁的牧场去;

黄昏的时候,他们都回家了,只留下豺狼在这满长着野草的岛上哀叫。

妈妈,如果你不在意,我长大的时候,要做这渡船的船夫。

据说有好些古怪的池塘藏在这个高岸之后,

雨过去了,一群一群的野鹜飞到那里去,茂盛的芦苇在岸边四围生长,水鸟在那里生蛋;

竹鸡带着跳舞的尾巴,将它们细小的足印印在洁净的软泥上;

黄昏的时候,长草顶着白花,邀月光在长草的波浪上浮游。

妈妈,如果你不在意,我长大的时候,要做这渡船的船夫。

我要自此岸至彼岸,渡过来,渡过去,所有村中正在那儿沐浴的男孩女孩,都要诧异的望着我。

太阳升到中天,早晨变为正午了,我将跑到你那里去,说道:"妈妈,我饿了!"

一天完了,影子俯伏在树底下,我便要在黄昏中回家来。

我将永不同爸爸那样,离开你到城里去作事。

妈妈,如果你不在意,我长大的时候,要做这渡船的船夫。

花的学校

当雷云在天上轰响,六月的阵雨落下的时候,
润湿的东风走过荒野,在竹林中吹着口笛。
于是一群一群的花从无人知道的地方突然跑出来,在绿草上狂欢的跳着舞。

妈妈,我真的觉得那群花朵是在地下的学校里上学。
他们关了门做功课,如果他们想在散学以前出来游戏,他们的老师是要罚他们站壁角的。

雨一来,他们便放假了。
树枝在林中互相碰触着,绿叶在狂风里萧萧的响着,雷云拍着大手,花孩子们便在那时候穿了紫的、黄的、白的衣裳,冲了出来。

你可知道,妈妈,他们的家是在天上,在星星所住的地方。
你没有看见他们怎样的急着要到那儿去么?你不知道他们为什么那样急急忙忙么?
我自然能够猜得出他们是对谁扬起双臂来:他们也有他们的妈妈,就像我有我自己的妈妈一样。

商人

妈妈,让我们想象,你待在家里,我到异邦去旅行。

再想象,我的船已经装得满满的在码头上等候启碇了。

现在,妈妈,好生想一想再告诉我,回来的时候我要带些什么给你。

妈妈,你要一堆一堆的黄金么?

在金河的两岸,田野里全是金色的稻实。

在林荫的路上,金色花也一朵一朵的落在地上。

我要为你把它们全都收拾起来,放在好几百个篮子里。

妈妈,你要秋天的雨点一般大的珍珠么?

我要渡海到珍珠岛的岸上去。

那个地方,在清晨的曙光里,珠子在草地的野花上颤动,珠子落在绿草上,珠子被汹狂的海浪一大把一大把的撒在沙滩上。

我的哥哥呢,我要送他一对有翼的马,会在云端飞翔的。

爸爸呢,我要带一支有魔力的笔给他,他还没有觉得,笔就写出字来了。

　　你呢，妈妈，我一定要把那个值七个国王的王国的首饰箱和珠宝送给你。

同情

如果我只是一只小狗,而不是你的小孩,亲爱的妈妈,当我想吃你的盘里的东西时,你要向我说"不"么?

你要赶开我,对我说道,"滚开,你这淘气的小狗"么?

那么,走罢,妈妈,走罢!当你叫唤我的时候,我就永不到你那里去,也永不要你再喂我吃东西了。

如果我只是一只绿色的小鹦鹉,而不是你的小孩,亲爱的妈妈,你要把我紧紧的锁住,怕我飞走么?

你要对我摇你的手,说道,"怎样的一只不知感恩的贱鸟呀!整日整夜的尽在咬它的链子"么?

那么,走罢,妈妈,走罢!我要跑到树林里去;我就永不再让你抱我在你的臂里了。

职业

早晨,钟敲十下的时候,我沿着我们的小巷到学校去,
每天我都遇见那个小贩,他叫道:"镯子呀,亮晶晶的镯子!"
他没有什么事情急着要做,他没有哪条街一定要走,他没有什么地方一定要去,他没有什么时间一定要回家。
我愿意我是一个小贩,在街上过日子,叫着:"镯子呀,亮晶晶的镯子!"

下午四点,我从学校里回家。
从一家门口,我看得见一个园丁在那里掘地。
他用他的锄子,要怎么掘,便怎么掘,他被尘土污了衣裳,如果他被太阳晒黑了或是身上被打湿了,都没有人骂他。
我愿意我是一个园丁,在花园里掘地,谁也不来阻止我。

天色刚黑,妈妈就送我上床,
从开着的窗口,我看得见更夫走来走去。

小巷又黑又冷清，路灯立在那里，像一个头上生着一只红眼睛的巨人。

更夫摇着他的提灯，跟他身边的影子一起走着，他一生一次都没有上床去过。

我愿意我是一个更夫，整夜在街上走，提了灯去追逐影子。

长者

妈妈，你的孩子真傻！她是那么可笑的不懂事！

她不知道路灯和星星的分别。

当我们玩着把小石子当食物的游戏时，她便以为它们真是吃的东西，竟想放进嘴里去。

当我翻开一本书，放在她面前，要她读 a，b，c 时，她却用手把书页撕了，无端快活的叫起来；你的孩子就是这样做功课的。

当我生气的对她摇头，骂她，说她顽皮时，她却哈哈大笑，以为很有趣。

谁都知道爸爸不在家，但是，如果我在游戏时高叫一声"爸爸"，她便要高兴的四面张望，以为爸爸真是近在身边。

当我把洗衣人带来载衣服回去的驴子当作学生，并且警告她说，我是老师，她却无缘无故的乱叫起我哥哥来。

你的孩子要捉月亮。她是这样的可笑；她把格尼许[1]唤作琪奴许。

妈妈，你的孩子真傻，她是那么可笑的不懂事！

注释：

1 格尼许（Ganesh）是毁灭之神湿婆的儿子，象首人身。同时也是现代印度人所最喜欢用来做名字的第一个字。

小大人

我人很小,因为我是一个小孩子。到了我像爸爸一样年纪时,便要变大了。

我的先生要是走来说道:"时候晚了,把你的石板、你的书拿来。"

我便要告诉他道:"你不知道我已经同爸爸一样大了么?我决不再学什么功课了。"

我的老师便将惊异的说道:"他读书不读书可以随便,因为他是大人了。"

我将自己穿了衣裳,走到人群拥挤的市场里去。

我的叔叔要是跑过来说道:"你要迷路了,我的孩子;让我领着你罢。"

我便要回答道:"你没有看见么,叔叔,我已经同爸爸一样大了?我决定要独自一个人到市场里去。"

叔叔便将说道:"是的,他随便到哪里去都可以,因为他是大人了。"

当我正拿钱给我保姆时,妈妈便要从浴室中出来,因为我是知道怎样用我的钥匙去开银箱的。

妈妈要是说道:"你在做什么呀,顽皮的孩子?"

我便要告诉她道:"妈妈,你不知道我已经同爸爸一样大了么?我必须拿钱给保姆。"

妈妈便将自言自语道:"他可以随便把钱给他所喜欢的人,因为他是大人了。"

当十月里放假的时候,爸爸将要回家,他会以为我还是一个小孩子,为我从城里带了小鞋子和小绸衫来。

我便要说道:"爸爸,把这些东西给哥哥罢,因为我已经同你一样大了。"

爸爸便将想了一想,说道:"他可以随便去买他自己穿的衣裳,因为他是大人了。"

十二点钟

妈妈,我真想现在不做功课了。我整个早晨都在念书呢。

你说,现在还不过是十二点钟。假定不会晚过十二点罢;难道你不能把不过是十二点钟想象成下午么?

我能够容容易易的想象;现在太阳已经到了那片稻田的边缘上了,老态龙钟的渔婆正在池边采撷香草作她的晚餐。

我闭上了眼就能够想到,马塔尔树下的阴影是更深黑了,池塘里的水看来黑得发亮。

假如十二点钟能够在黑夜里来到,为什么黑夜不能在十二点钟的时候来到呢?

著作家

你说爸爸写了许多书,但我却不懂得他所写的东西。

他整个黄昏读书给你听,但是你真懂得他的意思么?

妈妈,你给我们讲的故事,真是好听呀!我很奇怪,爸爸为什么不能写那样的书呢?

难道他从来没有从他自己的妈妈那里听见过巨人和神仙和公主的故事么?

还是已经完全忘记了?

他常常耽误了沐浴,你不得不走去叫他一百多次。

你总要等候着,把他的菜温着等他,但他忘了,还尽管写下去。

爸爸老是以著书为游戏。

如果我一走进爸爸房里去游戏,你就要走来叫道:"真是一个顽皮的孩子!"

如果我稍微出一点声音,你就要说:"你没有看见你爸爸正在工作么?"

老是写了又写,有什么趣味呢?

当我拿起爸爸的钢笔或铅笔，像他一模一样的在他的书上写着，——a, b, c, d, e, f, g, h, i,——那时，你为什么跟我生气呢，妈妈？

爸爸写时，你却从来不说一句话。

当我爸爸耗费了那么一大堆纸时，妈妈，你似乎全不在乎。

但是，如果我只取了一张纸去做一只船，你却要说："孩子，你真讨厌！"

你对于爸爸拿黑点子涂满了纸的两面，污损了许多许多张纸，你心里以为怎样呢？

恶邮差

你为什么坐在那边地板上不言不动的？告诉我呀，亲爱的妈妈。

雨从开着的窗口打进来了，把你身上全打湿了，你却不管。

你听见钟已打四下了么？正是哥哥从学校里回家的时候了。

到底发生了什么事，你的神色这样不对？

你今天没有接到爸爸的信么？

我看见邮差在他的袋里带了许多信来，几乎镇里的每个人都分送到了。

只有爸爸的信，他留起来给他自己看。我确信这个邮差是个坏人。

但是不要因此不乐呀，亲爱的妈妈。

明天是邻村市集的日子。你叫女仆去买些笔和纸来。

我自己会写爸爸所写的一切信；使你找不出一点错处来。

我要从 A 字一直写到 K 字。

但是，妈妈，你为什么笑呢？

你不相信我能写得同爸爸一样好!

但是我将用心画格子,把所有的字母都写得又大又美。

当我写好了时,你以为我也像爸爸那样傻,把它投入可怕的邮差的袋中么?

我立刻就自己送来给你,而且一个字母、一个字母的帮助你读。

我知道那邮差是不肯把真正的好信送给你的。

英雄

妈妈,让我们想象我们正在旅行,经过一个陌生而危险的国土。

你坐在一顶轿子里,我骑着一匹红马,在你旁边跑着。

是黄昏的时候,太阳已经下山了。约拉地希的荒地疲乏而灰暗的展开在我们面前。大地是凄凉而荒芜的。

你害怕了,想道——"我不知道我们到了什么地方了。"

我对你说道:"妈妈,不要害怕。"

草地上刺蓬蓬的长着针尖似的草,一条狭而崎岖的小道通过这块草地。

在这片广大的地面上看不见一只牛,它们已经回到它们村里的牛棚去了。

天色黑了下来,大地和天空都显得朦朦胧胧的,而我们不能说出我们正走向什么所在。

突然间,你叫我,悄悄的问我道:"靠近河岸的是什么火光呀?"

正在那个时候,一阵可怕的呐喊声爆发了,好些人影子向我们跑过来。

你蹲坐在你的轿子里，嘴里反复的祷念着神的名字。

轿夫们，怕得发抖，躲藏在荆棘丛中。

我向你喊道："不要害怕，妈妈，有我在这里。"

他们手里执着长棒，头发披散着，越走越近了。

我喊道："要当心！你们这些坏蛋！再向前走一步，你们就要送命了。"

他们又发出一阵可怕的呐喊声，向前冲过来。

你抓住我的手，说道："好孩子，看在上天面上，躲开他们罢。"

我说道："妈妈，你瞧我的。"

于是我刺策着我的马匹，猛奔过去，我的剑和盾彼此碰着作响。

这一场战斗是那么激烈，妈妈，如果你从轿子里看得见的话，你一定会发冷战的。

他们之中，许多人逃走了，还有好些人被砍杀了。

我知道你那时独自坐在那里，心里正在想着，你的孩子这时候一定已经死了。

但是我跑到你的跟前，浑身溅满了鲜血，说道："妈妈，现在战争已经结束了。"

你从轿子里走出来,吻着我,把我搂在你的心头,你自言自语的说道:

"如果我没有我的孩子护送我,我简直不知道怎么办才好。"

一千件无聊的事天天在发生,为什么这样一件事不能够偶然实现呢?

这很像一本书里的一个故事。

我的哥哥要说道:"这是可能的事么?我老是想,他是那么嫩弱呢!"

我们村里的人们都要惊讶的说道:"这孩子正和他妈妈在一起,这不是很幸运么?"

告别

是我走的时候了,妈妈;我走了。

当清寂的黎明,你在暗中伸出双臂,要抱你睡在床上的孩子时,我要说道:"孩子不在那里呀!"——妈妈,我走了。

我要变成一股清风抚摸着你;我要变成水中的涟漪,当你浴时,把你吻了又吻。

大风之夜,当雨点在树叶中淅沥时,你在床上,会听见我的微语;当电光从开着的窗口闪进你的屋里时,我的笑声也偕了它一同闪进了。

如果你醒着躺在床上,想你的孩子到深夜,我便要从星空向你唱道:"睡呀!妈妈,睡呀。"

我要坐在各处游荡的月光上,偷偷的来到你的床上,乘你睡着时,躺在你的胸上。

我要变成一个梦儿,从你的眼皮的微缝中,钻到你的睡眠的深处,当你醒来吃惊的四望时,我便如闪耀的萤火似的熠熠的向暗中飞去了。

当普耶节日[1],邻舍家的孩子们来屋里游玩时,我便要融化在笛声里,整日价在你心头震荡。

亲爱的阿姨带了普耶礼[2]来，问道："我们的孩子在哪里，姊姊？"妈妈，你将要柔声的告诉她："他呀，他现在是在我的瞳人里，他现在是在我的身体里，在我的灵魂里。"

注释：
1 普耶（Puja），意为"祭神大典"，这里的"普耶节"，是指印度十月间的"难近母祭日"。
2 普耶礼就是指这个节日亲友相互馈送的礼物。

召唤

她走的时候,夜间黑漆漆的,他们都睡了。

现在,夜间也是黑漆漆的,我唤她道:"回来,我的宝贝;世界都在沉睡;当星星互相凝视的时候,你来一会儿是没有人会知道的。"

她走的时候,树木正在萌芽,春光刚刚来到。

现在花已盛开,我唤道:"回来,我的宝贝。孩子们漫不经心的在游戏,把花聚在一块,又把它们散开。你如走来,拿一朵小花去,没有人会发觉的。"

常常在游戏的那些人,仍然还在那里游戏,生命总是如此的浪费。

我静听他们的空谈,便唤道:"回来,我的宝贝,妈妈的心里充满着爱,你如走来,仅仅从她那里接一个小小的吻,没有人会妒忌的。"

第一次的茉莉

呵,这些茉莉花,这些白的茉莉花!

我仿佛记得我第一次双手满捧着这些茉莉花,这些白的茉莉花的时候。

我喜爱那日光,那天空,那绿色的大地;

我听见那河水淙淙的流声,在黑漆的午夜里传过来;

秋天的夕阳,在荒原上大路转角处迎我,如新妇揭起她的面纱迎接她的爱人。

但我想起孩提时第一次捧在手里的白茉莉,心里充满着甜蜜的回忆。

我生平有过许多快活的日子,在节日宴会的晚上,我曾跟着说笑话的人大笑。

在灰暗的雨天的早晨,我吟哦过许多飘逸的诗篇。

我颈上戴过爱人手织的醉花的花圈,作为晚装。

但我想起孩提时第一次捧在手里的白茉莉,心里充满着甜蜜的回忆。

榕树

喂,你站在池边的蓬头的榕树,你可曾忘记了那小小的孩子,就像那在你的枝上筑巢又离开了你的鸟儿似的孩子?

你不记得他怎样坐在窗内,诧异的望着你深入地下的纠缠的树根么?

妇人们常到池边,汲了满罐的水去,你的大黑影便在水面上摇动,好像睡着的人挣扎着要醒来似的。

日光在微波上跳舞,好像不停不息的小梭在织着金色的花毡。

两只鸭子挨着芦苇,在芦苇影子上游来游去,孩子静静的坐在那里想着。

他想做风,吹过你的萧萧的枝杈;想做你的影子,在水面上,随了日光而俱长;想做一只鸟儿,栖息在你的最高枝上;还想做那两只鸭,在芦苇与阴影中间游来游去。

祝福

祝福这个小心灵,这个洁白的灵魂,他为我们的大地,赢得了天的接吻。

他爱日光,他爱见他妈妈的脸。

他没有学会厌恶尘土而渴求黄金。

紧抱他在你心里,并且祝福他。

他已来到这个歧路百出的大地上了。

我不知道他怎么要从群众中选出你来,来到你的门前抓住你的手问路。

他笑着,谈着,跟着你走,心里没有一点儿疑惑。

不要辜负他的信任,引导他到正路,并且祝福他。

把你的手按在他的头上,祈求着:底下的波涛虽然险恶,然而从上面来的风,会鼓起他的船帆,送他到和平的港口的。

不要在忙碌中把他忘了,让他来到你的心里,并且祝福他。

赠品

我要送些东西给你,我的孩子,因为我们同是漂泊在世界的溪流中的。

我们的生命将被分开,我们的爱也将被忘记。

但我却没有那样傻,希望能用我的赠品来买你的心。

你的生命正是青春,你的道路也长着呢,你一口气饮尽了我们带给你的爱,便回身离开我们跑了。

你有你的游戏,有你的游伴。如果你没有时间同我们在一起,如果你想不到我们,那有什么害处呢?

我们呢,自然的,在老年时,会有许多闲暇的时间,去计算那过去的日子,把我们手里永久失了的东西,在心里爱抚着。

河流唱着歌很快的流去,冲破所有的堤防。但是山峰却留在那里,忆念着,满怀依依之情。

我的歌

我的孩子，我这一只歌将扬起它的乐声围绕你的身旁，好像那爱情的热恋的手臂一样。

我这一只歌将触着你的前额，好像那祝福的接吻一样。

当你只是一个人的时候，它将坐在你的身旁，在你耳边微语着；当你在人群中的时候，它将围住你，使你超然物外。

我的歌将成为你的梦的翼翅，它将把你的心移送到不可知的岸边。

当黑夜覆盖在你路上的时候，它又将成为那照临在你头上的忠实的星光。

我的歌又将坐在你眼睛的瞳人里，将你的视线带入万物的心里。

当我的声音因死亡而沉寂时，我的歌仍将在你活泼泼的心中唱着。

孩子天使

他们喧哗争斗,他们怀疑失望,他们辩论而没有结果。

我的孩子,让你的生命到他们当中去,如一线镇定而纯洁之光,使他们愉悦而沉默。

他们的贪心和妒忌是残忍的;他们的话,好像暗藏的刀,渴欲饮血。

我的孩子,去,去站在他们愤懑的心中,把你的和善的眼光落在它们上面,好像那傍晚的宽宏大量的和平,覆盖着日间的骚扰一样。

我的孩子,让他们望着你的脸,因此能够知道一切事物的意义;让他们爱你,因此他们能够相爱。

来,坐在无垠的胸膛上,我的孩子。朝阳出来时,开放而且抬起你的心,像一朵盛开的花;夕阳落下时,低下你的头,默默的做完这一天的礼拜。

最后的买卖

早晨,我在石铺的路上走时,我叫道:"谁来雇用我呀。"
皇帝坐着马车,手里拿着剑走来。
他拉着我的手,说道:"我要用权力来雇用你。"
但是他的权力算不了什么,他坐着马车走了。

正午炎热的时候,家家户户的门都闭着。
我沿着屈曲的小巷走去。
一个老人带着一袋金钱走出来。
他斟酌了一下,说道:"我要用金钱来雇用你。"
他一个一个的数着他的钱,但我却转身离去了。

黄昏了,花园的篱上满开着花。
美人走出来,说道:"我要用微笑来雇用你。"
她的微笑黯淡了,化成泪容了,她孤寂的回身走进黑暗里去。

太阳照耀在沙地上,海波任性的浪花四溅。
一个小孩坐在那里玩贝壳。

他抬起头来，好像认识我似的，说道："我雇你不用什么东西。"

从此以后，在这个小孩的游戏中做成的买卖，使我成了一个自由的人。

据《新月集》，人民文学出版社，1954年

泰戈尔诗

园丁集

第五十三首

你为什么望我一下,使我害羞呢?

我不像乞丐一样的走来。

我不过在一个过去的时间,立在你的花园的篱外空地的边角上。

你为什么望我一下,使我害羞呢?

我不曾在你园中撷了一朵玫瑰花,也不曾在你园中采了一个果子。

我谦卑的托身在路旁的荫下,那个地方是无论什么旅客都可以立的。

一朵玫瑰花我都不曾撷。

是的,我的足倦了,一阵大雨又落下来。

风在摇摆的竹林中虎虎的吼着。

云在天空中跑过,如战败后的奔逃。

我的足倦了。

我不知道你对我想什么,或你在你的门口所等待的是谁。

闪烁的电光蒙晕着你的凝望的眼。

我怎能知道你可以看见我立在黑暗中呢?

我不知道你对我想什么。

白日终止了,雨停了一会。

我离开你的花园尽头的树荫,离开了草地上的座位。

天色黑了;你闭了你的门;我走我的路。

白日已终止了。

第五十四首

市集已经散了,这样晚的时候,你匆促的带了篮子到哪里去呢?

他们全部带了他们的东西回家了;月光从上面窥望着村中的树。

呼唤渡船的回声,跑过黑暗的水面而达到远处鸭所栖宿的泥泽。

市集已散了,你匆促的带了篮子到哪里去呢?

睡眠已把她的手指放在地球的两眼上面。

乌鸦的巢已沉寂无声，竹叶的微语也停止了。

劳动者从他们的田野中回家，铺了他们的草席在天井里。

市集已散了，你匆促的带了篮子到哪里去呢？

第五十五首

你走的时候，正是午时。

太阳炎灼的停在天空。

你走了的时候，我做完我的工作，独自坐在楼廊里。

易变的狂风通过许多远地田间的气味，而虎虎的吹到这里来。

鸽子不息的在树荫中咕咕的叫着，一只蜜蜂，在我房里飞着，苦苦的诉说许多远地田间的新闻。

全村正在午时的炎热里睡着。街上寂寞无行人踪迹。

绿叶的萧萧声，突然的响动着，又突然的沉寂下来。

我凝望着天上，在这碧空里。织我所熟悉的一个名字的字母，这时，全村正在午时的炎热里睡着。

我忘记了辫结我的头发，微风戏把它拂在我的颊上。

河水沉默的在树荫所蔽的岸下流过。

懒懒的白云，不动的浮泛着。

我忘记了辫结我的头发。

你走的时候，正是午时。

路上的尘土是热的，田野也在喘息。

鸽子在绿叶的浓密处咕咕的叫着。

你走了的时候，我独自坐在楼廊里。

第五十七首

我已撷了你的花，世界呀！

我把这朵花压在我的心上，花刺戳着我。

当白日消磨了，天色黑了我见那朵花已经枯萎了，但是创痛还留着。

你将更有许多芬芳而娇贵的花，世界呀！

但我的撷花的时间已经过了，在漫漫的黑夜里，我的玫瑰花已经没有了，只有创痛还遗留着。

第五十八首

一天清晨,我在花园里,有一个盲目的女郎跑过来,给我一串花圈,上面盖着一张荷叶。

我把这花圈戴在我的颈上,我的泪点滚出眼中来了。

我吻她,说道:"你之不能见物,竟如那些花朵一样。"

"你自己不知道你的赠品是怎样的美丽。"

第六十三首

旅客呀,你必定要走么?

夜是沉寂着,黑暗昏晕在树林上面。

我们楼廊里的灯亮着,花都是新鲜的,青年的两眼也仍然是警醒着。

你的离别的时候果已到了么?

旅客呀,你必定要走么?

我们不曾用我们的恳求的手臂抱住你走。

你的门都开了。你的马,已放上了鞍、辔,立在门口。

如果我们想阻挡你的行程,只能用我们的歌声去阻挡。

如果我们想把你拉了回来,只能用我们的眼睛去拉你。

旅客呀,我们是没有希望留住你了。我们只有我们的眼泪。

有什么不熄的火在你眼中耀着?

有什么不止的热在你血里奔跑?

有什么呼声从黑暗中来催促你?

有什么可怕的诅语,你在天空的繁星中读到,使黑夜带了一种紧封住的秘密使命,沉默而奇异的来到你的心上?

如果你不愿意有欢喜的聚会,如果你必定要安静,那么,疲倦了的心呀,我们将吹熄我们的灯火,停止我们的琴声了。

我们将沉静的坐着,黑暗中绿叶簌簌的响着,疲倦的月亮,把它的淡白的光照在你的窗上。

啊,旅客呀,有什么不睡的精神,从午夜的心里去触着你。

第六十五首

是你又在呼唤我么?

夜晚已经到了。疲倦围抱住我,好像热恋的手臂一样。

是你在呼唤我么?

我已把我的全日都给了你了,残虐的女主呀,你还必定要夺去我的夜间么?

在有些地方,无论什么事都有终止的时候。黑暗的寂寞,也是一个人的自己的。

你的呼声必定要割宰了它而打击我么?

夜晚没有在你门口奏着睡眠的音乐么?

带着沉默之翼的群星永没有爬上你的残忍之塔的天空上么?

在你花园里的花朵永没有柔和的死落在地上么?

你必定要呼唤我么,你这不安静的?

那么,让那恋爱的忧愁之眼无故的凝望着,哭泣着吧。

让那灯在孤寂的屋里燃着吧。

让那渡船载了疲劳的工人回家去吧。

我离开我的梦境,匆匆的去应你的呼唤。

第六十八首

没有生命是永久的,没有东西是不灭的,兄弟。请记住这话,自己愉乐着。

我们的生命不是那旧的担负的生命,我们的道路不是那长久旅行着的道路。

一个未婚的诗人不去唱一个老年的歌调。

花谢了,死了;但那戴花圈的人并不为花而永远悲哀着。

兄弟,请记住这话,自己愉乐着。

把"完全"织成了音乐,必须有一个充分的停息。

生命低头向着它的沉入金色影中的落日。

爱情在游戏时却要被唤去饮啜忧愁,且被生到眼泪的天上去。

兄弟,请记住这话,自己愉乐着。

我们急急的收集了我们的花朵,不然,他们便要被吹过去的风劫夺去了。

我们的血急流着,我们的眼光亮着,匆匆的攫取那迟了便要消灭的接吻。

我们的生命是热切,我们的欲望是尖锐,因为时间在敲着离别的钟。

兄弟,请记住这话,自己愉乐着。

我们没有时候去握住一件东西，压碎了它，又把它抛散到尘土里去。

光阴迅速的跑过，藏他们的梦在裙里。

我们的生命是短促的；它仅产生了几天的爱恋的日子。

如果它是工作与苦役；它便要变成无尽的长久了。

兄弟，请记住这话，自己愉乐着。

美于我们是甜蜜的，因为她同我们的生命跟了同样的迅速的歌调而跳舞着。

知识于我们是宝贵的，因为我们永不会有时间去完成它。

在永久不灭的天国里，一切都是已成，都是完全的。

但地上的幻想的花朵是因死亡而保存着永久的新妍。

兄弟，请记住这话，自己愉乐着。

爱者之贻

第四首

她近于我的心,如草花之近于土;她对于我之甜蜜,如睡眠之于疲倦的肢体。我对于她的爱情是我充溢的生命的流泛,如河水之秋涨,寂静的放弃的迅流着。我的歌儿们与我的爱情是一体,如溪流的潺湲,以他的全波涛全水流歌唱着。

第五首

如果我占有了天空和他所有的星,占有了地球和他无穷的宝藏,我仍是要求增加的,但是,如果她成了我的,则我虽仅有这个世界上的最小一隅,即已很感得满足了。

第九首

妇人,你的篮子很重,你的肢体也疲倦了。你要走多少远的路,你所求的是什么呢?道路很长,太阳下的尘土太热了。

看,湖水深而且满,水色黑如乌鸦的眼睛。湖岸倾斜而衬着绿草。

把你的倦足伸到水里去。午潮的风,把他的手指穿过你的头发；鸽子咕咕的唱他的睡歌，树叶微语那安眠于绿荫中的秘密。

时间逝了，太阳落了，有什么要紧？横过荒地的道路在朦胧中失去了，又有什么要紧？

前面是我的屋，正靠在海那花盛开着的篱边；我引导你。我为你预备一张床，点亮了灯。明天早晨，当群鸟为取牛乳的喧声惊起时，我会把你叫醒的。

第十三首

昨夜我在花园里，献我的青春的白沫腾跳的酒给你。你举在唇边，开了两眼微笑着，我掀起你的面幕，解开你的辫发，把你的沉默而甜柔的脸妆在我的胸前，明月的梦正泛溢在微睡的世界里。

今天在清露冷凝的黎明的静谧里，你走向大神的寺院去，沐过浴，穿着白色的袍，手里拿着一篮的花。我在这黎明的静谧里，站在到寺院去的寂寞的路旁的树荫下面，头低垂着。

第二十三首

我爱这沙岸，这个地方有些寂静的池沼，鸭子在那里呷呷的鸣着，龟伏在日光底下曝着；黄昏时，有些飘游的渔舟，藏在茂草中间。

你爱那有树的对岸，那个地方，阴影聚在竹丛的枝上；妇人们捧了水瓶，从弯曲的小巷里出来。

同是这一条河，在我们中间流着，它对它的两个岸，唱的是同样的歌。我在星光底下，一个人躺在沙上，静听着水声；你也在早晨的光明里，坐在斜坡的边上，静听着。然而我从它那里听得的话，你却不知道，而它向你说的密语，对于我也永远是一个神秘。

第二十五首

我握住你的双手，我的心跃入你眼的黑睛里，寻求你这永远避我而逃出于言语之外者。

然而我知道我必须满足我的带着变动与易灭的爱情。因为我们有一回曾在街道的当中遇见。我有力量带你通过这个许多世界的群众，经过这个歧路百出的旅程么？我有食粮能供给你经过架着死亡之桥的黑暗的空罅么？

第二十八首

我梦见她坐在我头的旁边，手指温柔的在撩动我的头发,奏着她的接触的和谐。我望着她的脸,眼泪颤莹着,直到不能说话的痛苦烧去我的睡眠,如一个水泡似的。

我坐了起来,看见窗外的银河的光辉,如一个着火的沉默的世界,我不知她在这个时候,有没有和我做着同韵律的梦。

第二十九首

我想,当我们的眼光在篱间相遇时,我曾和她说了话。但她走过去了。而我对她说的话,却如一只小艇,日夜在时间的每一个波浪上冲摇着。它似乎在秋云上驶行着,在不止的探问着,又似变了黄昏的花朵盛开着,在落照中寻求它已失的时间。我对她说的话,又如萤火似的,在我心上闪熠着,于失望的尘中,寻觅它的意义。

第三十首

春花开放出来,如不言之爱的热烈的苦痛。我旧时歌声的回忆,随了他们的呼吸而俱来。我的心突然的长出欲望的绿叶来。我的爱没有来,但她的接触是在我的肢体上,她的语声也横过芬芳的田野而到来。她的眼波在天空的忧愁的深处;但是她的眼睛在哪里呢?她的吻香飞熠在空气之中,但是她的樱唇在哪里呢?

第三十一首

花园（译 Satyendranath Datta 彭加尔文原作）

我的花如乳，如蜜，如酒，我用一条金带把他们结成了一个花圈，但他们逃避了我的注意，飞散开了，只有带子留着。

我的歌声如乳，如蜜，如酒，他们存在我跳动的心的韵律里，但他们，这暇时的爱者，又展开翼膀，飞了开去，我的心在沉寂中跳动着。

我所爱的美人，如乳，如蜜，如酒，她的唇如晨间的玫瑰。她的眼如蜂一般的黑。我使我的心静静的，只怕惊动了她，但她却也如我的花，我的歌一样，逃避了我，只有我的爱情留着。

第三十二首

有许多次，春天在我们的门上敲着门，那时，我忙着做我的工，你也不曾答理他。现在，只有我一个人在那里，心里病着，而春天又来了，但我不知道怎样才能叫他从门口回身转去。当他走来而欲以快乐的冠给我戴时，我们的门是闭着，但现在他来时所带的是忧愁的赠品，我却不能不开门给他走进了。

第三十六首

我的镣铐，你在我心上奏着乐。我和你整日的游戏着，我把你当了我的装饰品。我们是最好的朋友，我的镣铐。有些时候我惧怕你，但我的惧怕使我爱你更甚。你是我漫漫黑夜的伴侣，我的镣铐，在我和你说再会之前，我向你鞠躬。

第三十八首

我飘浮在上面的川流，当我少年时，是迅速而湍急的流着。春风微微的吹拂着，林花盛放如着火；鸟儿们不停不息的歌唱着。

我眩晕的急驶着，被热情的水流所带去；我没有时间去看，去感觉，去把全世界拿到我身里来。

现在，那个少年是消失了，我登到岸上来，我能够听见万物的深沉的乐音，天空也对我开展了它的繁星的心。

第四十二首

你不过是一幅图画而不是如那些明星一样的真实，如这个灰尘一样的真实么？他们都随着万物的脉息而搏动着，但你则完全固定着于你的静定的画成的形象。

你以前曾和我一同走着，你的呼吸温暖，你的肢体吟唱着生命之歌。我的世界，在你的语声里找到它的说话，用你的容光来接触我的心。你突然的停步不进了，伫立在永久的荫旁，剩我一个人向前走去。

生命如一个小孩子，它笑着，一边跑着，一边喋喋的谈着死；它招呼我向前走去，我跟随着那不可见的走；但你立在那里，停在那些灰尘与明星之外，你不过是一幅图画。

不，那是不能够的。如果生命之流在你那里停止了，那么它便也要停止了滚滚的河流，便也要停止了具有色彩绚烂的足音的黎明的足迹了。如果你的头发的闪熠的微光在无望的黑暗中暝灭了，那么夏天的绿荫也将和她的梦境一同死去了。

我忘了你，这会是真的么？我们匆匆的不返顾的走着，忘了在路旁的篱落上开着的花。然他们不觉的呼吸的进入我们的遗志中，充满它以乐音。你已离开了我的世界，而去坐在我的生命的根上，所以这便是遗忘——回忆迷失在它自己的深处。

你已不再在我的歌声之前了，但你现在与他们是一个。

你借了晨光的第一条光线而到我这里来。到了夕阳的最后的金光消失了,我才不见了你。就是这时以后,我也仍在黑暗中寻求你。不,你不仅仅是一幅图画。

第四十三首

当你死的时候,你对于我以外的一切,算是死了,你算是从世界的万物里消失不见了。但却完全的重生在我的忧愁里。我觉得我的生命完成了,男人与女人对于我永远成了一体。

第四十五首

偕了美丽与秩序到我的艰苦的生命里吧,妇人,当你生时,你曾偕过他们到我的屋里。请扫除掉时间的尘屑,倒满了空的水瓶,备补了所有的疏忽。然后请打开了神庙的内门,燃了明烛,让我们在我们的上神之前沉默的相遇着。

第四十八首

我每天走着那条旧路。我偕果子到市集里去,我牵我的牛到草地上去,我划我的船渡过那条河水,所有这些路,我都十分熟悉。

有一天清晨,我的篮子里满装了东西。许多人在田野里忙着，牧场上停息着许多牛；地球的胸因喜米谷的成熟而扬起着。

大气中突然起了一阵颤动，天空似乎和我的前额接吻。我的心警醒起来，如清晨之跳出于雾中。

我忘记了循原路走去。我离开原路走了几步，我看着我的熟悉的世界，而觉得奇异，好像一朵花，我以前所见的仅是它的蓓蕾。

我日常的智慧害了羞。我在这万物的仙国里飘游着。我那天清晨的失路，寻到我的永久的童年，可算是我生平最好的幸运。

第五十首

孩子（译 Dwyendralal Roy 的彭加尔文原作）

"来，月亮，下来吻我爱的前额。"母亲这样的说着，她抱她的小女孩子在她的膝上，那时，月亮如在梦着似的微笑着。夏天的微香在黑暗中偷偷的进来，夜鸟的歌声也从檬果林的阴影密蔽的寂静里送过来。在一个远处的村间，从一个农夫的笛里，吹起了一阵悲哀音调的泉源，年轻的母亲，坐在土阶上，孩子在她的膝上，温柔的咿唔道："来，月亮，下来吻我爱的前额。"她有时抬头看天上的光明，有时又低首看在她臂间的地上的光明,我诧异着月亮的恬静。

孩子笑着,学着她母亲的话:"来,月亮,下来。"母亲微笑着,明月照彻的夜也微笑着,我,做诗的人,这孩子的母亲的丈夫,隐在看不见的地方,凝视着这幅图画。

第五十一首

早秋的时节天上没有一片云。河水溢到岸沿来,冲刷着立在浅水边的倾侧的树的裸根。长而狭的路,如乡村的渴舌,没入河水中去。

我的心满盈盈的,我四围观望着,看着沉默的天空,流泛的河水,觉得快乐正在外面展延着,真朴如儿童脸上的微笑。

第五十七首

这个秋天是我的,因为她在我心头震撼着。她的闪耀的足铃在我的血管里丁零的响着,她的雾色的面幕,扰动着我的呼吸。我在所有我的梦中知道她的棕色头发的接触。她出外在颤抖的树叶上,那些树叶在我的生命的脉搏里跳舞,她的两眼从青的天空上微笑着,从我那里饮啜他们的光明。

歧路

第十二首

我的心呀，紧紧的握住你的忠诚，天要黎明了。

"允诺"的种子已经深深的埋在土里，不久便要发芽了。

睡眠如一颗蓓蕾，将要向光开放它的心，沉静也将找到它的声音。

你的担负要变成你的赠赐，你的痛苦也将烛照你的道路，这日子是近了。

第十六首

你黎明时走到我的门口，唱着歌；我从睡梦中被你惊醒了，我很生气，你遂不被注意的走开了。

你正午时走进门来，向我要水喝；我正在做事，我很恼怒，你遂被斥责的走出了。

你黄昏时，带了熊熊的火炬走进来。

我看你好像是一个恐怖者；我便把门关上了。

现在，在夜半的时候，我孤寂的坐在黑漆漆的房里，却要叫被我斥走的你回来了。

第二十首

天色晦暝，雨淅沥的下着。

愤怒的电光从破碎的云幕里射下来。

森林如一只囚在笼中的狮子，失望的摇着鬃毛。

在这样的一天，在狂风虎虎的扑打他们的翼膀的中间，让我在你面前找到我的平安吧。

因为这忧郁的天空，已荫盖着我的孤独，使你与我的心的接触的意义更为深沉。

第七十七首

"旅客，你到什么地方去？"

"我沿着林荫的路，在红色的黎明中，到海里沐浴去。"

"旅客，那个海在什么地方？"

"它在这个河的尽处，在黎明开朗为清晨的地方，在白昼没落为黄昏的地方。"

"旅客，同你一块儿来的有多少人？"

"我不知道怎样去数他们。

他们提了点亮了的灯，终夜在旅行着，他们经过陆与水，终日在歌唱着。"

"旅客，那个海有多少远近？"

"它有多少远近,正是我们所都要问的。"

"它的波涛的澎湃,涨泛到天上,当我们静止不言之时。它永远的似乎在近,却又在远。"

"旅客,日光是灼炀的热。"

"是的,我们的旅路是长而艰难的。

"谁精神疲倦了,便歌唱?谁心里懦怯了,便歌唱?"

"旅客,如果黑夜包围了他们呢?"

"我们便将躺下去睡,直睡到新的清晨偕了它的歌声而照耀着及海的呼唤在空中浮泛着时。"

吉檀迦利

六

撷取了这朵小花,不要迟延!不然,我恐怕它便要落在地上了。

它也许不能被织在你的花圈里,但请荣它以这个:从你手的痛苦的接触里,把它撷了下来。我恐怕在我警醒以前,太阳便要下去,祈祷的时间便要过去了。

虽然他的颜色不深,它的芬香不烈,请把它取来用,及时的撷了它下来。

七

我的歌去掉她的装饰品,她不宝贵那衣服与饰物。装饰品要阻碍我们的联合;他们要横梗在我和你的中间;他们的叮当声,会掩掉你的微语。

我的诗人的虚荣,在你面前,羞耻得死了。呵,诗人的主,我坐在你的足下。请你只要使我的生命简单而正直,如一管芦笛,被你贯注以音乐。

八

那个孩子穿了皇子的衣服,颈上戴了宝石圈,在游戏时什么快乐都失掉了；他的服饰一步步阻碍着他。

他怕衣服受破损，又怕被尘土玷污了，只好他自己与世界避开，甚且怕走动。

母亲，你的饰品的束缚，如果使人离开地球上有益的尘土，如果剥夺了他进日常人类生活的大市场的权，这是没有好处的。

十

这里是你的足凳，你足所放的地方，就是那最穷苦的，最下等的以及迷途者所住的。

当我想对你鞠躬时，我的敬礼竟不能下达于那深处，那最穷苦的，最下等的以及迷途者的中间，你的足所放的地方。

骄傲永不能接近于那个地方，你穿了谦抑之服，在最穷苦的，最下等的以及迷途者走着的地方。

我的心永不能找到他的路走到你与无伴侣的最穷苦的，最下等的以及迷途者为伴侣的地方。

二十三

我的朋友，你是在这个雷雨之夜，动身上你的爱的旅行么？空中如失意的人一样，隆隆的呻吟。

我在今天晚上，一些没有睡着。时时开着门向黑暗中张望,我的朋友!

我看不见一些东西在我的面前。我奇怪什么地方有你的道路。

从什么黑如墨水的河的阴惨之岸,从什么蹙额皱眉的森林的遥远之边界,或从什么幽暗的迷路之深处,你引延你的道路,向我走来,我的朋友?

二十五

你没有听见他的寂静的足音么?他走来,走来,永远地走来。

每瞬间,每时代,每日,每夜,他走来,走来,永远地走来。

我以心的许许多多模式,唱了许许多多乐歌,但是他们所有的乐音,只是说:"他走来,走来,永远地走来。"

在四月晴朗、香气馥郁的时候,他由绿荫中的小径走来,走来,永远地走来。

在七月之夜,阴雨忧郁的时候,他在雷声轰轰的云车里走来,走来,永远地走来。

在忧思不展,愁情重叠里,他的足步踏过我心上;这是他足的"金化力"(Golden touch)使我的快乐重复照耀。

七十六

呵,我的生命的主,我能每日面对面地站在你前么?啊,一切世界的主,我能合掌地,面对面地站在你前么?

在你的孤独沉寂的伟大的天空底下我能以谦卑之心面对面地站在你前么?

在你的为苦作及竞争所骚乱的劳动的世界里,我能于匆忙的人群中,面对面地站在你前么?

当我在这世界上的工作完结时,呵,王中之王,我能单独地,无言地,面对面地站在你前么?

九十二

我知道这个时候将要到了在那个时候,我将不能见此世,生命也将沉默地别去,引上最后的幕幔在我的眼上。

星光在夜里还是照着,早晨也如前的升出来,时间如沧海波涛一样的逝去,抛掷了快乐与痛苦。

当我想到我的瞬间的这个结果,瞬间的栅围破了,我由死的光里,看见你的世界与他的不注意的宝物。他的最低的座席是尊贵的,最卑的生活是尊贵的。

我所求之不得之物,与我所已得之物——让他们逝去。

其使我只真实的有我一向所轻蔑，所不注意的东西。

九十四

在我离别的这个时候，希望我的幸运，我的朋友！天为曙光所映，泛出红色，我的路径很美丽的横在那里。

不要问我所带的有什么东西。我上我的行程只有空手与盼望之心。

我带上我的结婚用的花圈。我的衣服不是旅人的柿色之衣，途中虽有危险，但总没有忧惧在我心里。

我的海行终止时，夜里的星光已出，薄暮的乐曲底惆怅之音也起于王宫的门里。

一百〇一

在我的生命里，永久以我的诗歌寻求你。他们导我自此家至彼家，因他们，我乃见我自己，乃寻求并接触我的世界。

我的诗歌教我一切我所会学的功课，他们示我秘密之路径，他们带了许多星光到我的眼前，在我心的水平线上。

他们终日导我到苦乐之国的神秘里去，最后在暮色里，我行程已终止的时候，他们又导我到哪一个宫门里去呢？

一百○二

我在众人中夸口,说我是知道你的。他们在我的一切著作里,看见了你的影像。他们走来问我:"他是谁?"我不知道怎样回答他们。我说:"我实在不能说出。"他们责备我,轻蔑地走去。你微笑地坐在这里。

我把你的故事,置于永久不灭的歌里。秘密自我心中涌出。他们来问我:"告诉我你的一切命意。"我不知道怎样回答他们。我说:"呵,谁知道他们的命意所在!"他们微笑,极轻蔑地走去。你微笑地坐在这里。

一九二〇年,七月,旧译

世纪末日

一

这个世纪的最后的太阳,在西方的血红的云与嫉忌的旋风中落下去了。

各个国家的自私的赤裸裸的热情,沉醉于贪望之中,跟了钢铁的相触声与复仇的咆哮的歌声而跳舞着。

二

饥饿的国家,它自己会由自己的无耻的供养里而暴烈的愤怒的烧灼起来。

因为它已把世界做了它的食物,而舐着,嚼着,一口气吞了下去。

它膨胀了,又膨胀了。

直至在他的非圣洁的宴会中,天上突然落下武器,贯穿了它的粗大的心胸。

三

地平线上所现的红色的光,不是和平的曙光,我的祖国呀。

它是火葬的柴火的光,把那伟大的尸体——国家的自私的心——烧成了灰的,它已因自己的嗜欲过度而死去了。

你的清晨则正在东方的忍耐的黑暗之后等待着。

乳白而且静寂。

四

留意着呀印度

带了你的信仰的祭礼给那个神圣的朝阳。

让欢迎它的第一首颂歌在你的口里唱出。

"来吧,和平,你上帝自己的大痛苦的女儿。

带了你的浃意的宝藏,强毅的利剑,

与你的冠于前额的温和而来吧。"

五

不要着馁,我的兄弟们呀,披着朴素的白袍,站在骄傲与威权之前。

让你的冠冕是谦虚的,你的自由是灵魂的自由。

天天建筑上帝的座位在你的贫穷的广漠的赤地上,而且要知道,庞巨的东西并不是伟大的,骄傲的东西并不是永久的。

据《泰戈尔诗》,商务印书馆,1925 年

俄国短篇小说译丛

引言

我们计划着要翻译许多重要的俄国短篇小说，集成一套的《俄国短篇小说译丛》。这一册是开头的一本。

在这一册里，我们收入契利加夫、克洛林科、梭罗古勃及高尔基四个作家的作品六篇。这几个人的作风是那样的不同，那六篇小说的题材是那样的歧异；但我们这集子原来只是"译丛"，故便也这样的"酸辣并陈"的刊出了。除了契利加夫《在狱中》的一篇是鲁彦译的之外，其余都是我历年来所译的。

契利加夫从一九一七年俄国大革命之后，便逃到国外，不曾回去过，他算是流亡作家里的一个重要的人物。但在革命之前，他却也是一位讥嘲沙皇的虐政而同情于革命运动的作家。《严加管束》和《在狱中》是两篇革命的故事，在此时此地读来，也竟觉得有些同感呢。他的《浮士德》写的一个旧俄时代的中等阶级的家庭生活，那生活显得是如何的疲倦与无聊。

梭罗古勃的《你是谁》写得是那样的凄美。克洛林科的《林语》和高尔基的《木筏之上》都是可怖的故事，有如逢到大自然的黑夜，风雨交加，电鞭不时的一闪的情景，那

"力"是那样的伟大。

对于这几篇我都很欢喜。

      译者　二十三年九月二十八日

浮士德（Faust）

[俄] 契利加夫（E. Chirikov）

当伊凡·美海洛威契醒来时,家里的人已经都起来了,孩子们的高声的喧哗远远的可听到,还有盘盏的相碰声,以及客室中金丝雀清锐如警笛似的鸣声。伊凡·美海洛威契不想起来——由床上挣起来真是不容易,穿衣服真是一件麻烦事,所以他躺在床上抽着雪茄,一支又一支的,简直没有充足的勇气爬起身来。他时常觉得恼怒,不满意,因为伊凡·美海洛威契不喜欢那一种的生活规则:就是不管他愿意不愿意,却迫着他急急的去梳洗,吃早茶,赶出去作工。

"去看看爸爸醒来了没有。"他听见他的妻的声音,一个小头如一个球似的圆,在门中攒了进来。

"你起来了没有,爸爸?"

"是的,是的!"伊凡·美海洛威契带一种恼忧的呻吟答道,当他随随便便的漱口时,他琐琐碎碎的乱说着。

在饭桌上,他是愠怒着,坐在那里似乎为深思所占据,不注意桌上的任何人。他的妻凝望着他,想道:"昨天晚上,他在俱乐部里一定又输了,现在不知道从哪里可得到钱呢。"

在十点钟时,伊凡·美海洛威契动身到银行里作工去了,到了四点钟,他归家来,疲倦,饥饿,恼怒。晚餐时,他把手巾塞进领间,有声响的吃着东西,正像一只猪在一个槽上。他的饥肠满足了,他觉得和平些,用气把两颊鼓出,滑稽的说道:

"没有东西了么?……现在略略的睡一会。"于是他走到他的书室里,室内装饰着一只鹿的角,一根他永没有用过的枪。咳嗽,吐痰,过了一会,他打鼾起来,鼾声那样的高,使孩子们都怕经过他的房门口。孩子们的乳娘,要想制止一场打架或争闹时,常惊惶的对他们说道:"一只熊睡在那里……你们须要安安静静的,不然我要让他出来了!"

伊凡·美海洛威契睡到了八点钟,要有人进去喊他醒时,他总怒声的叫道:"晓得了!"说完了,仍旧打着鼾去了。后来,他从他的书室里出来,愠怒着,两只眼睛张大着,真的活像一只熊,他开口沙声的说道:

"为什么没有一个人来把我叫醒?"

"叫过你了。你说'晓得了'。"

"晓得了!一个睡着的人也会说话!茶缸预备好了没有?"

于是他走进饭厅,坐在桌旁,手里执着一张新闻纸,又带着了一种好像沉入深思长虑之中的神气。他的妻莎尼亚·巴夫洛夫娜正在倒着茶,身子隐在茶缸后面,看不见;他的岳母马丽亚·彼特洛夫娜坐在饭桌的那一头,如平常一样,缝补着孩子们的袜子,一只袜跟伸盖在一把茶匙上。大家都不说话,只时时的听见一二句极简短的问话、答语。

"还有没有?"

"还有!"

"又没有柠檬了么?"

"它正在你的鼻下!"

吃完茶之后,伊凡·美海洛威契动身到俱乐部去斗纸牌,牌斗完了,去吃一顿晚餐,在早晨二点钟时回家,那时他的妻已经睡了。只有马丽亚·彼特洛夫娜还在等着,头发松散着,穿着一件旧的短衫;她常常叹了一口长气去迎接他。伊凡·美海洛威契知道她的神秘的叹息的意思;那是不说出来的对于他的行为的厌恶与检查。于是他脱下他的套鞋,这样的对她说:

"请你不必叹气!"

莎尼亚·巴夫洛夫娜并不厌恶她的丈夫;她对于他的打鼾与他的出外,都已安之若素了。只有马丽亚·彼特洛夫娜看不惯这些事。

"一个好丈夫，真的是！你所见的只不过他的晨衣挂在衣钩上！"她常常这样的说。

"不要这样，妈妈，……一切的男人都是那么样的……"莎尼亚·巴夫洛夫娜争说道，但她的脸渐渐的忧郁起来，浓厚的愁闷兜上了她的心。她在黄昏中走进客室，两只手负在背后，深思着什么事，自己柔和的忧愁的咿唔着：

"在那远远的地平线前面的，是一块福地……"

然后她突然的摇摇头，走进育儿室，和孩子们玩着偶人，或告诉他们阿林诺西加妹妹或伊凡诺西加兄弟的童话。最大的孩子像他的父亲。当莎尼亚·巴夫洛夫娜看护着孩子时，她朦胧的把思想带回过去的时代，她的过去的女儿时代的隐约的幻象，把她灵魂中的空虚、疲倦、厌烦与不平的想望的感觉逐了出去。……

"妈妈，妈妈！现在讲巴巴牙加的故事！好不好？"

"很好。古时有一个巴巴牙加；她的瘦腿……"

"她也打鼾么？"小女儿问道，她的蓝色的张大的小眼睛，定定的专心的注视着她的母亲。

莎尼亚·巴夫洛夫娜笑了起来，捉住那个孩子在臂间，热烈的吻着她，忘记了世界上的一切别的事。

他们每个月总请两次客。他们的客人们全都是愚笨、凡庸、不活动的人，在完全的一律中，在规则、平稳、无趣味中，过着他们的生活的，一生没有一点的灾难。他们全都愿意说着同样的话，做着同样的事。起初，他们坐在客室里，谈着他们的家宅，他们的孩子们的胃口，以及天气。当莎尼亚·巴夫洛夫娜陪着他们时，她的母亲在预备茶。在小碟子上放些果酱，她看看罐子，自己说道：

"可以用到了新的果季时呢，实在的！如果我们到了复活节还够用，我们要谢谢上帝了！"

她又把糖倒在糖皿中，看了看糖袋，想道：

"二十磅，真的是！要一布特（俄国量名，等于三十五磅。——译者注）才恰好够用呢！"

"你们请来用茶好么？"她到了门口，邀请那班客人们，她的脸上现着欢迎的微笑。

客人们如川流似的走进去，一路上扣紧自己的钮扣。他们沉重的坐下去，嘲笑那些坐在桌角的人，说他们在七年之内并不结婚，于是一阵茶匙的响动声，说着"可怜！""请！"。他们的谈资，又回到他们的家宅，他们的孩子们的胃口或牙齿，或米粮昂涨的事了。吃了茶之后，客室里布开了纸牌桌子；蜡烛、纸牌、粉笔，都已预备好了。每个人都被鼓动，于是来了一阵疲倦的情调，如当人们被逼的去做他们所没有意思去做的事时所表现的。男人们与女人们都各自坐在桌旁，在雪茄烟气中，纸牌戏开始了，在辩论、争执、互相叱责之后，他们突然的开始笑了，全体都似乎十二分的满意，以为自己是世界上的最快乐的人。他们成了最狂热的人，有什么人如果不加入斗牌，表示一种淡漠的神气时，他们便都着恼了。莎尼亚·巴夫洛夫娜并不斗牌；她的职务是为她的客人们预备食物，招待他们。当他们在斗牌时，她和她的母亲去预备晚餐，在预备时，有些小争执，但却不使客人们听见她们争吵的声音。当女主人来说"请吃晚餐"时，客人们都匆匆的跳了起来，椅子榻榻的拖响，笑着走到饭桌边，只有二三个人，比别人更热心于打牌的，留在后边，热烈的辩论着牌上的事……主人来了，把他的手臂放在他们的腰间，领他们走去。

"现在喝一杯。"伊凡·美海洛威契常常这样的开始。

连喝了好几杯没有说什么祝语，后来他们开始举杯祝莎尼亚·巴夫洛夫娜及其他女人的康健了。各人的脸渐渐红了，眼光渐渐的快活了，从桌子的这一端到那一端起了一种喧语。

"彼得·瓦西里威契，你愿意把鱼子酱递过来么？"

"尼古拉·格里古里威契，你愿意把青鱼递过来么？

跟着是嘲谑的谈到他们的妻子们,谈到以前已经谈过了许多次的故事及先代的旧话。

伊凡·美海洛威契光荣的说起他和他的妻是因了恋爱而结婚的……

"我们为恋爱而结婚,……实在的,我和莎尼亚·巴夫洛夫娜一同私逃……"

"真的么?"

"我记得它好像是昨天才发生的一样。……我几乎要用手枪自杀!你们以为那件事如何?我们约定在花园中相见。他们的花园是很美丽的,可惜很傻的和房子一同卖去了……是的,我在旧夏屋等她……我的心跳得如此的响,好像一部火车的声音,嗒,嗒,嗒!"

伊凡·美海洛威契极详尽的一件件事说着,莎尼亚·巴夫洛夫娜坐在离他不远处,脸上微微的发红。她颤抖着,半阖着她的眼。

"后来,她坐了车来了!"

"走来的。"她不意的矫正他,因为这个叙述中的每个句子,每件小事对她都是亲切的。

"坐车来,走来,那有什么两样?"伊凡·美海洛威契含愠的说道,他有些恼她插嘴进去,他说完了他的故事,不管莎尼亚·巴夫洛夫娜的矫正,不管莎尼亚·巴夫洛夫娜她自己,好像她与他故事中的女人毫不相干似的……

晚餐过后,茶又吃了一道。客人们想用他们的手掌或他们的餐巾,隐蔽着他们的打呵欠;他们深深的呼吸着,看看时钟,与他们的妻交换视线。

"是回家的时候了。"妻们说道,于是大家都向主人告别,女人们互相吻着,男人们在寻找套鞋、帽子,这又是以后打趣的题目。

当他们全都走了时,遗留着的是:屋内充满着的雪茄烟气,一半剩下的杯中的茶,碟中的烟灰,晚餐的余菜,一阵恬静的和平占据了屋内。莎尼亚·巴夫洛夫娜投身坐于一张椅上,堕入一种沉默淡漠的境地,对于她的环境漠不动情。她在空洞的喋谈,喧哗的客语及饮呀食呀之后休息自己,觉得似乎是正经过什么重病,或刚脱避开什么可怕的刑罚。她的母亲,走过客厅,开了窗户,说道:"像一座兵营,真的是!"然后把香烟头从花盆中取出,她的怒气来了。

"我每张桌子上放了二只灰盘给他们用了!他们还不满意,一定要把他们的香烟头抛在花盆里!"

于是她去清理桌子,放好椅子。伊凡·美海洛威契脱下外衣,解开背心的钮扣,一个一个房间走着,打着呵欠,显出他的腐败的牙齿。

"在倭尔加河上的人们都睡了,我们也必须到床上去了。"他对自己咿唔着。

他走进他的卧房,脱了衣服,全身舒伸的躺在舒服的大铁床上;床上饰着银球,垫子是弹簧的。他浮泛在满意的海中,自己安静的等他的妻来。她好久好久还不来,他等得暴躁起来。

"清理东西真麻烦!你不能让它去么?"他高声的叫道,静听着,"孩子们吵得这么厉害!"

从育儿室里传来了一个孩子的哭声和他的妻的声音。再等也无用了;她现在一定要许多时候以后才能来了。伊凡·美海洛威契把被盖到他的肩上,蜷曲起身来,转脸向着墙。

一个月总有一次或二次,他们出去拜访别人家。程序是一模一样,——喝茶,谈着家宅,孩子们的胃口,绿的桌子,雪茄的烟气,辩论着纸牌上的事,晚餐,喝酒,鱼子酱,腌青鱼,免不了的片肉,胡瓜。当他们告别回家时,窗户无疑的在他们后面开了,他们的主人们自己安享着客去后的平静与恬宁……

如此的生活一天一天的过去,沉闷而无趣,困疲而无光彩,如一个灰色的阴沉的黄昏。"生活好像是永久的研究着一本烹饪的书，……每天的不同仅只是这一天我们有汤和肉片，别一天我们有菜蒸肉和肉片而已。"莎尼亚·巴夫洛夫娜有时这样的想着，一阵失望的波涛涌过她心上；她觉得她必须立定些主意，必须做些事。但她能做什么？回答这个问题的是：她的唇上飞过一阵苦笑，惨白而无助的，泪点不期的立在她的眼中……

在这种时候，一阵可怕的抑郁便抓住了她；她对于什么事都觉得不高兴，不愿意见什么人，或和什么人说话。在她看来，似乎每个人所谈的事，往往是他们所永未想到的，而他们所想的事却谨慎的深藏着，不让别的人知道；每个人往往因了并不可笑的事而笑起来，完全是由于一种好意或尽礼的一种意识，每个人都想表白出好而聪明，而实则他们是愚蠢、凡庸，与不可忍的笨涩……

她坐在窗旁，她的肘靠在窗台上，眼望着街上，看着乏味的光阴消失于灰暗的微光中。她回忆起她做女儿的时代，那时，她看人生是如此之大，生的地平线无终止的伸开去，被包围在一阵朦胧的青雾中，它的无限的变幻是如此的有趣，如此的神秘与不可思议。所有的开心的事，所有的她所愿欲的，都在她的面前，她的处女的心，带着恐惧与好奇，静静的站在不可知的将来之前，她的灵魂，隐约的为些幸福的荣达所扰动，那种幸福也许便是胜利的恋爱……

但这里是实际的生活！地平线终止于街道的那一端，那里是一家常常负着债的商店，而唯一的诗歌集却就是那烹饪书。一天天的过去，大家生活在连续的困疲，谈着关于房宅、地方的空话，斗斗纸牌，生产孩子，还要不休的诉苦——丈夫们反对妻子们，妻子们反对丈夫们。没有胜利的恋爱，只有胜利的凡庸，与困疲……所有人生有趣的事，都已在她处女时代遇到了，她的幸福不留意的飞过了她——这种幸福只来了一次，便永不再回来了……

天色渐渐暗了。点点的微光在街上闪熠着。一阵钟声要人去做晚祷。这带着回响的礼拜堂钟声在心里引起了些朦胧的扰动的感觉，既不是忧苦那已经永逝的东西，也不是一种对于现实生活的厌恶。"晚钟，晚钟！"莎尼亚·巴夫洛夫娜深深的叹气，微语着，一个白色的人影在黑暗的房里出现；那是伊凡·美海洛威契，他正从他的书房里出来，穿着白衬衫。他伸张自己，打了一个呵欠，说道：

"你吃得足，睡得足……你梦想些什么?"

"没有什么。我在想着生活是如何的困疲，伊凡·美海洛威契!"

"你有了三个孩子，现在却觉得困疲了!"

"如何的凡庸呀!"

"又烦恼了,我看你。"伊凡·美海洛威契含愠的说,手摇了一下,走开去了。

莎尼亚·巴夫洛夫娜微笑着,后来又大笑了,她的笑声又变成哭泣了,结局是歇斯特里克。

"如何的恼人呀!"伊凡·美海洛威契怨道,高声的喊女仆取水来。

"带冷水来,从龙头上取来!"

"什么事情?你对她做了什么事?"母亲叫道,冲进房来,她的眼的白色耀在黑暗中。她全部的姿势表示出一个报复的意思与一个打算。"你对她做了什么事?"

"什么事都没有!我不知道那是什么意思;我一点也不懂得!你的女儿不是一个平常的妇人;她实在是一个非常人!"

"你说过什么伤她感情的话没有?"

"没有说什么,连想也没有想到。我走进屋内,她正坐在窗口边,突然的,没有一点原由,她发声笑起来,后来又哭了。"伊凡·美海洛威契耸耸肩膀,马丽亚·彼特洛夫娜(他在恼时,叫他为巴巴牙加)不相信他的话,定要他说个明白。

"不要对我说那种话……非常人，实在的！我们的家庭都是康健的，没有病的……你对她做了什么事？"

"很好，让她是平常的！如此是最好！"伊凡·美海洛威契恶意的说，离开了家。他到了他的俱乐部里，斗着纸牌，憎恶每个押得多的人，输着钱。

同时马丽亚·彼特洛夫娜却容色忧闷，到处走着，猜想不出他们二人之间发生了什么事。她时时的走到莎尼亚·巴夫洛夫娜那里，说道：

"你们不和，又反目了……但为了什么事？你找出了他的什么错处么？"

"不是的。"

"他触怒了你么？"

"不是的。"

"你瞒着我是无用的……暗杀将发生的……我什么事都知道，我亲爱的，"母亲说道，她变了她的语调，从另一方面来谈话，"他是嫉妒着。……你必须不要激怒他……"

"唔，真的！他不过是一个傻子，没有别的了。"莎尼亚·巴夫洛夫娜插嘴道，在眼泪未干时笑了起来。母亲生气了。

"当一个妻子像这样的谈到她的丈夫时，不会有什么好事发生的！"

于是她开始用她所能说出的最漂亮的话，替她女婿辩护，简直的像世界上的人比伊凡·美海洛威契更好的是再也没有的了。

"看看别人，现在！说说卡比塔里娜·伊凡诺夫娜的丈夫吧！这位可怜的妇人忍耐着她的种种苦恼，不发一句怨言，也并不到别处称她丈夫为一个傻子。你并没有估估你所得到的丈夫的价值，我亲爱的！如果你失去了他时，你就哭也无用了！"

马丽亚·彼特洛夫娜没有得到她女儿的回答，自己忧扰的在猜想，在忖度。她等着她女婿的回家，并不去睡，坐在客厅的沙发上，想着诧异着。"嚎！"她时时的说道。

伊凡·美海洛威契吃了晚餐，喝了酒，回到他的家来了，他的恼怒的喧声在全个沉寂的房里响着，惊动了马丽亚·彼特洛夫娜。"我想他是喝酒了，"她想道，开了门，她并不像平常一样的叹气，但喜悦的说道，

"晚餐给你预备在饭厅里了。"

伊凡·美海洛威契并不回答她。他从这间房到那间房，大阔步的走着，带着反抗的神气，逢逢的把门响着，高声的咳嗽，使每个人知道他是他自己家里的主人。为了更要表示他的不高兴，保守他的独立，伊凡·美海洛威契那一晚上且

不到那张舒服的饰有银球的床上去睡,却躺在他书房里的沙发上,恰在鹿角及他所从未用过的枪下面。

马丽亚·彼特洛夫娜从开着的房门口柔声说道:"至少也要拿了这个枕头去。"于是她拿进一个白色枕头到房里来。

她的女婿一句话也不响。

"像这样要僵硬了头颈呢。"

"请你不要关心到我的头颈。"

马丽亚·彼特洛夫娜把枕头抛在一张椅子上,闭上了房门。伊凡·美海洛威契有他自己的意志;他并不去取枕头,但把头枕在他的手掌上,他为他家庭的烦恼的重量所压迫。

家狗诺马常常是在伊凡·美海洛威契这一边的。当丈夫与妻子不和时,诺马并不和妇人们在一起,他用脚爪把房门开了,走进去安慰他的生气的主人。他跑上沙发,把他的带着湿淋淋的嘴的头部躺在伊凡·美海洛威契的胸前,双眼望着他,带着一种神气,好像在说道:

"他们全都是猪,真的是!他们不会赏爱你的!"

伊凡·美海洛威契说不出的感激诺马,爱好的拍拍他,扯扯他的长耳。书房的门又开了,马丽亚·彼特洛夫娜柔声的叫道:

"诺马!诺马!"

诺马不动。伊凡·美海洛威契一只手放在他颈上,开始更重的拍打他。

柔和的声音又传进来:

"他也许给你一只虱……诺马!诺马!"

伊凡·美海洛威契跳起身来,砰的一声,把门关上了,一把钥匙将门锁闭上的清脆回声,使马丽亚·彼特洛夫娜外交上的和解手段告了终止。

"和狗睡在一起,真的是……那是最后的稻草了。"她在门外喃喃的说。

像这样的情形是有一种戏剧的成分在内的,但还有完全没有戏剧的成分的事,那些事是每月的二十日必定要有规则的重演一次的,那时伊凡·美海洛威契领到了他的薪水,立刻便偿付了他的许多琐小的债权者。钱永远是不够还账及家用等等,而在伊凡·美海洛威契看来,似乎是应该够用了。他嘲骂全体的妇人们,说她们一面要求解放,一面却不配维持她们自己的家务……

"解放,实在的!"他说道,从他皮夹里取出钞票来。

"解放对于这事有什么关系?"

"鬼知道他们为什么教你们学地理、代数、三角!你们不能使收入与支出相平均,学了它们有什么用处?解放,实在的!"

"如果你不那么常到你的俱乐部去,也许他们便会相平均了。"马丽亚·彼特洛夫娜说道。

"我能够从什么地方得到钱呢?我又不能造钱,我不是一个造假币者。"

如此的,他们三个人互相叱责着,抱怨着,降到了那么琐屑卑鄙的地方,甚至他们以后竟十分的自己惭愧。过了每个月的二十日,一种淡漠无情的心绪占据了莎尼亚·巴夫洛夫娜的灵魂,她双眼里的光耀没有了,她的举动变成了迟钝而笨重。在这些时候,她似乎变了老些而且憔悴了,也不注意到自己的外貌;从一个美丽的少妇,她变成了如一束的被人抛弃到窗外去的残花了。

如此的他们过着他们的日、月、年,如有什么朋友问他们现状如何,他们总是回答道:

"呵,我们没有要诉苦的事,谢谢上帝!"

一个人总要时时把这个生活改造一下,伊凡·美海洛威契的这种改造便是一年去喝三次酒。

"必须时时使你自己振战起来,以刺激全身;这使你有益。"他常常在喝了酒之后的第二天这样说。

莎尼亚·巴夫洛夫娜的改造的观念是到一个剧场里去,但这件事在她生平真是罕得遇见,观剧成了一件极重大的消息了。当她提议说，他们应该到剧场里去换换空气，她丈夫总是对她提起一次到圣彼得堡歌剧场去的事，那是九年前的事，那时他们还是刚结婚呢。"污辱了菲格纳及萨委娜的印象，那是值得的么？"他问道，于是自己到俱乐部斗牌去了。

然而，当《浮士德》声明在本地剧场里开演时，伊凡·美海洛威契却没有等到他妻子的要求，便为他自己和他妻子定好了两个座位。

"我们今天晚上去看《浮士德》去。"他从银行里回家，把两张有颜色的定座券抛在桌子上，含愠的说道。

"《浮士德》？"莎尼亚·巴夫洛夫娜快乐的叫起来。她的脸耀着喜悦。

莎尼亚·巴夫洛夫娜快乐着，喜跃着，早早的就去打扮去了。伊凡·美海洛威契看着她穿换衣服，梳理头发，因为当他和她一同到公共场所时，他愿意她打扮得好看。他要大家看她在他手臂间时，说道："那是一个美貌的妇人！"

因此，伊凡·美海洛威契便成了一个严酷的批评家。当莎尼亚·巴夫洛夫娜在穿戴时，他用他的批评去恼扰她。

"你弯曲你的头发没有合法。这个样子与你的面貌不相称，使你看来像一个犹太女人！"

"我并不这样想。"

"这是很可笑的事,女人们永远不知道什么是与她们相配称的,且她们永远不想娱悦她们的丈夫。"

莎尼亚·巴夫洛夫娜自己也要好看,但她却不相信她丈夫的批评,且也不信任她自己的。又发生了和平时一样的争端,他们离家时各自恼怒着,情绪恶劣,心境沉闷。他们出发到剧场去,没有一点的快乐感觉;他们可以说是迫着要到那里去。当他们手臂夹着手臂走出门时,大家都想抽回手臂去。伊凡·美海洛威契怒声的叫唤一个车夫来,好像他是憎恨世界上的所有车夫似的,一辆雪橇驰了过来;伊凡·美海洛威契扶掖他的妻进橇,坐在她身旁,把他的手臂搂绕在她的腰间。他们在路上各自不说一句话,伊凡·美海洛威契把他的脾气发泄在车夫的身上去。

"留心车轨!稳定些,你木头!靠左边走!呵喂!"

伊凡·美海洛威契没有一刻不觉得对他现在手搂她的腰的女人生气,她似乎装载着敌意对待他,像一个炸弹,无时不可爆发……车夫啧啧他的唇,把缰辔扯了一下,希望如此可以愚骗过那位生气的先生,使他相信马是敏速的走着,但伊凡·美海洛威契却不受他的骗。

"你以为这是送葬么?"他问道,推推车夫的背,"送葬并不会走到剧场去的。你没有给你的马充足的粮食吃,你匪徒！"

"你从什么地方看出呢？"诧异着的车夫回过头来问道。

"你怎么敢回问过来？"

警察也同样的触犯了伊凡·美海洛威契的不喜欢。他常预备在剧场门口创造一幕戏。今天负有维持秩序的警察，见车夫一到了门口，立即便促他们走开了，莎尼亚·巴夫洛夫娜一只足刚要踏在地上，他就叫道：

"拉过去；看清楚！"

"你从哪里学得了你的礼貌，我的少年？"伊凡·美海洛威契回头向他凶恶的问着，且吓他说要向警察长报告他，他自己与警察长是极好的朋友。他把他的手臂给了莎尼亚·巴夫洛夫娜，大跨步的走过警察身边，带着庄严的神气，好像他就是警察长一样。

乐队正奏着《浮士德》的序曲。

他们手臂掖着手臂，走下长的铺着地毯的旁道，走到自己的座位。伊凡·美海洛威契想象所有的眼睛都注射在他身上；他想使他的步法走得更尊严些，于是身体壁直的耸着，胸部挺出。莎尼亚·巴夫洛夫娜双眼望着地上的走着，好像一个处死刑的人，她的脸因羞与愁而变为无感觉的。灯光灭了。幕布（上面画着一个海，如天色似的，还有天空，如海水似的,还有些幻想的古代废址与热带植物)扯了起来,一位传说的浮士德穿着一件棕色睡衣,戴着睡帽,颔下一部白须,开始用一种如金石似的高音唱着,摸着他的白须。

"无用呀!我困倦的在我终夜祈祷中喊求着也是无用呀……"

起初莎尼亚·巴夫洛夫娜并不受音乐或歌声的感动。她眼见的比听到的还多。当一个火焰满身的红色的米菲士托弗走上台来,宣言说,他什么都有预备着,且富有着钱时,莎尼亚·巴夫洛夫娜想起来不久就是这月的二十号了,肉店里的账已有两个月未付……"解放",伊凡·美海洛威契的声音在她脑中回响着,当她放下肉店老板和解放不想时,浮士德已经脱下了他的白须与睡衣,从一个老人,变成一个少年而美貌的人了;诧异着这突然的变化,带来了第一次微笑在她脸上。

"呵,青春,你的快乐真不可限量呵……"

浮士德唱着,胜利的走近足灯边,举起他的双臂。莎尼亚·巴夫洛夫娜想着伊凡·美海洛威契的年龄与他们失去的青春。她叹了一口气,偷偷的窥视她丈夫一下;他深沉的坐在他椅上,他的双手捧着腹,他的头略略的歪着;他的修治得光洁的脸与染色涂蜡的髭须,十足的表示出愉悦与绅士的尊严，莎尼亚·巴夫洛夫娜的眼光急忙的转开了。

在第一次休息时，他们手臂挽着手臂，到游廊里散步，伊凡·美海洛威契想着他的妻头发梳掠得不好，她的脸又没有那里的别的女人们的脸那样光彩、快活，心里很难过；当别的女人们的绸衣绰缫着的走着时，双眼都光亮照人，她们以快乐的声音笑着，谈着。

他们散步了一会，沉默的回到自己的座位上，好像各自不觉有其他一人存在似的……在灯光之下，妇人们的衣饰，被电光所射，煌耀动人，许多的语声嘤嘤的响着，如无数蜂群在蜂窝中一样，但在莎尼亚·巴夫洛夫娜看来，动作与语声，光彩的照耀与反射，都似乎奇异而辽远，一列一列的人们的脸，与如许多束花朵似的包厢，使她感得困苦与寂寞。

她并不四面的向听众看着，但只把她的双手柔软的放在膝上，她的眼睛低下，希望不遇到什么熟识的人说"你好呀？"来打扰了她的沉默的情调，或伊凡·美海洛威契不粗暴的对她说起警察或菲格纳的事情。当灯光灭了时，她觉得一种释放的意绪，好像她突然的发见她自己独自坐在她处女时代的房中。

当她看着舞台上时，她渐渐的失去了现实的世界，把自己投于一种朦胧的精神的情调中，这种情调开始在她内心扰动。她忘记了她的怒气,她忘记了小争端、肉店老板,以及沉闷的散文似的生活;她的灵魂渐渐清晰恬静起来;永远裂口的伤痕终于被治好了,她的不可忍的痛苦也止了。……在第三幕时,莎尼亚·巴夫洛夫娜从她的本地小城市翱翔开去,忘记了她与在她四周的人,降服于音乐、月光、恋爱的默想,一种快乐渐渐的成了无限量的、无所不吸收的,虽然她是包含于忧愁中,却柔和如月光一样;剧场上可爱的女郎,挂着两根长的金色辫子,在向着一个具着孩子的热情与真朴的少年的足下求着怜恤。她浴于月光中,又惧又喜的栗抖着,她的头依靠在那美少年的肩上……她倚在开着的窗口歌唱她的欢情,告诉天空的明星以她的快乐,沉寂寂的夜,梦场似的花园,她的歌声,纯洁而神圣如一首赞歌,升起于满天星斗的空中……

它是如何的亲切,如何的熟悉,对于那些曾有过这种快乐的人!莎尼亚·巴夫洛夫娜她自己曾是一个女郎,也有一根金色的辫子,也曾因愉悦她的幸福对星光与沉寂寂的花园歌唱着,浴在神秘的月光中,也曾又喜又惧的战栗着,乞求着怜悯。……

"哈,哈,哈!"米菲士托弗这样的笑着——如此的一种残酷不仁的讥刺的笑声呀,在莎尼亚·巴夫洛夫娜心里以温柔的爱情弹奏着的乐声立刻停止了,留下的只是这个笑声,压榨着、胜利着的在它的凡庸的现实上……

她的幻想与梦境完全扯裂开了。莎尼亚·巴夫洛夫娜低下她的眼,她的唇紧紧的闭着。一阵微笑飞过她的脸上——一阵奇怪的突如其来的微笑,伊凡·美海洛威契在他椅上坐直了,严肃的说道:

"那不是一种恶笑。"

莎尼亚·巴夫洛夫娜凝视着她的丈夫,可怜的叹了一口气,……她和伊凡·美海洛威契成了复和了,对于他的夸大,对于他的双手捧着腹,也不觉得讨厌了……伊凡·美海洛威契已不再给她以一种厌恶的感情了……这人坐在她身旁的,曾做过的她的浮士德,她的恋爱梦曾与他同织成。这也许是一个幻境、一个错误,但这个错误却建设了她的一生,且如同青春它自己一样的不可复返。

幕布闭下了,掌声如雨水似的起来;楼廊里的喧声充满了全屋,画着海水及古代废址的幕布又升了起来,浮士德、马格莱特及米菲士托弗手牵着手的出来,向听众微笑。莎尼亚·巴夫洛夫娜感到好像突从一场充满了美趣的梦中醒来,幻境都忘记了;这个觉醒恼怒了她;她很艰苦的想带回已散失的幻境……她不愿意见马格莱特变成了女伶,热心于掌声，献媚于那个大怪物、听众，她也不愿意见米菲士托弗把一只手快乐的感谢的放在胸前，也不愿意见浮士德，他现在看来如一个理发师似的且向剧场两旁送吻。……

"来，委尼亚！"

伊凡·美海洛威契有情的把他的手臂给她，他们走出到游廊上。他叫送了茶来，后来又叫送了橘子来。

"我渴了。"他解释道，把一颗橘子递给莎尼亚·巴夫洛夫娜，从那一刻起，所有他们之间的敌视的感情完全消失了。

"橘子酸么？"

"不，很好吃。"

莎尼亚·巴夫洛夫娜吃着一颗橘子，观察过往的男人们。"他们在家里时并不如此举动，"她想道，"他们都是到他们俱乐部去的。结局，我的委尼亚是比之在这里的许多男人们都好些的！"

"你怎样的喜欢马格莱特，委尼亚？"

"不坏，不过及不上阿尔麦·福士脱，自然的……"

"你听过阿尔麦么？我不知道。"

"你不记得么？我们在圣彼得堡时同去听她的。"

"呵，那是很久很久的事了……"

"自然，歌剧的本身就是不朽的……我已经看过它一百次了，还想再看它一百次以上。人生反映着如在镜中一样……是的……你记得不……在花园中?"伊凡·美海洛威契柔和的结束着，身体弯向他的妻。

一阵羞赧展布在莎尼亚·巴夫洛夫娜的全身的各部；她的双眼，忧郁如梦的，深思的凝视着远处。

"那必定是发生在一个梦中。"她的唇柔和的微语着，她的头部在她美丽的光颈上抖战着。

几个朋友走过来，问候他们。

"你好呀?"

"呵，我们没有什么可诉苦的事，谢谢上帝。你呢?"

"很好，谢谢你。你怎么样的好看呀，莎尼亚·巴夫洛夫娜! 你益发益发美丽了。"

莎尼亚·巴夫洛夫娜脸红起来，一阵罕遇的荣誉与快乐的波纹展布在她脸上，使她看来怪可爱的。

"你这样说是很好的。我想，我是一天天的村朴了!"她答道，半阖着她的眼，媚态的扇扇她自己。

男人们成群的在辩论，女人们沉默的把她们的手放在头发上。伊凡·美海洛威契看着他的妻：她的确是美丽，他想，是剧场中最美貌的女人之一。他的脸也有了一种荣耀的神色。

"有一个她的画像,是我们定婚时画的。你有看见过它没有?"他问道,旋动着他的髭须。"这幅画挂在我的书桌上面,她那时梳着一根金色辫子,有今晚的马格莱特的辫子两倍粗呢。"

当在最后的一幕里时,伊凡·美海洛威契的灵魂经过了一个变化。他想象他的妻正遭着和马格莱特一样的不幸的命运,而他自己就是浮士德,他开始怜悯莎尼亚·巴夫洛夫娜了。阴森的狱壁,灰暗的石地,稻草,那女人,被欺,犯罪,她的理性没有了,然而仍旧是如此的纯洁而高尚、温和,柔顺的乐声,激起朦胧的过去的快乐的回忆——一切都使伊凡·美海洛威契抽着长呼吸。……他凝望着他的妻,看出她的双眼中有泪点,觉得她是无限的亲近于他的,他有好些地方真是应该受责过……

伊凡·美海洛威契丧气的凝看着台上,静听着柔和的音乐;在他看来,似乎他自己的莎尼亚是被捕进狱,回忆着他们在市场上的初会,怎样的他对她唱道"在喧扰的市场中",怎样的他们在黑暗的花园中坐在一起,静听着夜莺的啼声,瞩望着满天的星斗。……

他们离了剧场时,他们的灵魂已经改变了,充满了一种温和的爱情。他们似乎都觉得所有的生活中的卑下的、琐屑的平庸，都已去了，他们以前的快乐的一部又回来了，……他们坐在一部轻橇上飞快的回家；伊凡·美海洛威契紧紧的绕搂着他的妻的腰，好像他怕在路上把她失去了。莎尼亚·巴夫洛夫娜藏她的脸在她大衣的柔领中，仅只她的双眼在她白帽之下照耀着，如二块燃着的煤火。伊凡·美海洛威契想吻她，忘记了一切事；想要这样做，但莎尼亚·巴夫洛夫娜带着笑，半阖着眼，温和的对他摇摇她的帽子。……

马丽亚·彼特洛夫娜和茶缸都在等候他们的回家，茶缸滚沸得正好，呼着气，在雪白的桌布上很好看的衬耀着。棕色的面包，色味都在招引人；浅烹过的鸡蛋，只等茶匙去碰破它们。马丽亚·彼特洛夫娜打着呵欠，由育儿房里跑出来，穿着一件旧睡衫，欢容的说道：

"进来，孩子们。你们要吃些东西么？"

伊凡·美海洛威契并不回答。他走进灯光朦胧的客室，慢慢的上下走着，咿唔的说"让我凝视我前面的身形……"，用他的手掌，拍打着他的头。

他回到饭厅，走近他的妻，吻着她的前额，然后走开了，又唱着："让我凝视我前面的身形……"

"先吃些东西，以后再去凝视。鸡蛋要冷了。"马丽亚·

彼特洛夫娜说道,在门口看进来。

"来了,来了!"伊凡·美海洛威契答道,懊恼着,依然在房内走来走去,咿唔着,投自己于他的情调中,于朦胧的回忆中,于过去的温和的抱歉中。

他们三个人同坐下吃茶,亲切的谈着,心里和平而恬静。莎尼亚·巴夫洛夫娜已经换上了白色的睡衣,两只袖子如翼膀一样,且已放下了她的头发。她时时走进育儿房,跪在小孩子们的床边,以母的爱与慈,看着她的睡着的孩子们,看着他们的光光的小臂膀,看着他们温和天真的脸。她似乎觉得他们就是小天使睡在那里,纯洁而和平,他们的纯洁,已经把马格莱特的灵魂带到天上了……

"你看来像马格莱特在狱中。"伊凡·美海洛威契说道,他的肘靠在桌上,注意的凝望着他的妻。年代似乎飞驰过去;在他面前的是那个梳着金色辫子的温柔女郎,他想恋爱她,常常崇拜她的……

当他凝望着她时,莎尼亚·巴夫洛夫娜低下了眼睛;她微笑着,深深的、深深的在她的心底,奏着她青春的未完曲的破断的乐声,如一座山的回响似的。

伊凡·美海洛威契平常是穿着衬衫和背带吃晚餐,现在却并不想脱去他的外衣。他尽力的要想使他的举动、姿态更尊重些；他对马丽亚·彼特洛夫娜也格外的有礼貌起来。

"要牛油么?"他问道，先料着她所要的。

"全个世界如一个过客似的，"马丽亚·彼特洛夫娜带着满意的微笑说道，取了牛油，加上一句，"可怜！"

"晚安，我的马格莱特！"伊凡·美海洛威契说道，他久久的凝望着他的妻的眼，吻她的手和面颊。

"睡得好好的，我的浮士德！"莎尼亚·巴夫洛夫娜嘲笑道，满意的吻着她丈夫的唇。

伊凡·美海洛威契与马丽亚·彼特洛夫娜握手，当他对她说晚安时，然后走到寝室中去。一盏亮着的小灯挂在天花板下，把房间浸在一种青色的如梦的光中，柔和而实在。它看来是如何可爱呀！……伊凡·美海洛威契慢慢的脱了衣服，脱了皮靴，他以一种柔和的做作的声唱道：

"你们纯洁而卑微的住着的，都有福了……"

严加管束

———————————————— [俄] 契利加夫（E. Chirikov）

一

老年的马里亚·底莫菲夫娜，每天傍晚的时候，总要到火车站去一趟，去迎接客车。客车沿着木做的站台滑动着，常常似要使她惊得一跳，仿佛它有点儿出于意料之外而来似的。她的头脑里，充满了关切她儿子尼古拉斯的遭际的思想，还想到他现在的情形是如何了的念头……站钟的当当而鸣，汽笛的锐叫，常使她从这些念头里惊醒过来，她便从这一辆车厢冲到那一辆车厢的在寻找着她的儿子。她总是热切的注视着站在站台上的群众，窥望进车窗之内，每当她看见黄色的钮扣，或围以青带的尖头帽时，她的心头总是扑扑扑的跳着。

同样的事发生了好几天了；火车天天的徐行的入站，一小群的不重要的人物从客车上走了下来，尖锐的汽笛四应着，仿佛是匆匆忙忙的，车站上的钟声，客车又开走了，留下几缕青烟作为它的行迹。有一次，本地的警察局长到了，他的妻和一群的孩子们到车站上来接他；又有一次，教堂里的女医生和包菲里神父到了；但总没有尼古拉斯的踪迹。……"那是什么用意呢？……唉，这些孩子们，这些孩子们！"马里亚·底莫菲夫娜总是急急的从她眼上把眼泪拭去了，继续的在站台上详细的找寻着。她不能相信她自己的眼睛，常要询问车站上的一个人道：

"这部客车现在是到什么地方去呢？"

"到莫斯科去，老奶奶，要到光光亮亮的莫斯科去，老奶奶。"那个人一边在继续的清扫着站台，一边答道。

"这部客车是从基孚来的么？"

"是的，是从基孚来的，基孚来的。"那人答道，有点不耐烦了。

马里亚·底莫菲夫娜总要向她所认为是基孚的那个方向凝望着，一阵诡异的微笑便偷过这位老太太的脸部，这一个微笑是忧戚而又温柔的，因为在那里，远远的远远的，在春天黄昏的将近黑暗的烟雾中，一个面色黧黑的穿着学生装的少年是出现在她的前面。

"只要一会儿工夫，老奶奶，请你，站到旁边一点儿。"铁路上的人这样说道，用他的扫帚，扫到马里亚·底莫菲夫娜的足边。

她不得不离开了基孚的想象，面色黧黑的少年人的印象也不见了,她叹息着,心中充满了焦急与忧愁,无助与彷徨,马里亚·底莫菲夫娜便离开了车站,看来活像一位极老极老的老太婆,人人觉得都该称她为"老奶奶"的。起初,她走得很慢,后来,开始快快的走着;她心里常常的有一个希望在着:也许她在车站上和尼古拉斯相失了,当她到了家时,尼古拉斯也许已经在家里呢。……她的眼睛是昏花了,……在那么忙乱之中,那是最容易迷失了人的……她真该配一副眼镜来戴……马里亚·底莫菲夫娜愈走近了家,愈是真切的希望着她定会发现尼古拉斯在那里,她便心头扑扑不定的进了那座绿绿的爬藤蔽满了小屋的门,这小屋的年龄,也有马里亚·底莫菲夫娜她自己那么老了。定然的尼古拉斯已在家里,她的爸爸定在责骂着他呢……你为何定要责骂他呢?已经做过了的事不能叫他不做呀。第一件要紧的事乃是他的身体还健康,并不是个个人满了刑期之后都还活着的呀……马里亚·底莫菲夫娜便焦切的握着了门钮,焦切的开了门,焦切的走上了廊前的石阶,颤抖抖的开了厅门。……

不!他并没有到家!

她的丈夫,老史得芬·尼克弗洛威慈,足上拖着一双很破很破的拖鞋,在屋里走来走去,神经质的咳嗽着,为了要

隐藏他的焦急的心情,每当马里亚·底莫菲夫娜在门口出现,而常常没有尼古拉斯同来之时,他便转身开去,怒骂道:

"去接他有什么用处!……"

然后,他转身对着老太婆,伸出双臂,加上一句:

"那不是很明白的事么!"

常常的继之以一个长时间的沉默。他们的心头是沉重着,他们的思想,是思念着同一的事。他们俩全都要哭泣了,但为了强要忍住,便成了强项的沉默着……在这阵沉默之中,房间里是充满了一种忧戚的感情与一种窒人的空气。挂在墙上的大钟徐缓有则地的答的答的响着,似乎在重述老头儿的话:

"去等候他有什么用处!……去等候他有什么用处!……"

两位老人家便开始去想象各式各样的可怕的事。

本地方的会计员,史得芬·尼克弗洛威慈的一位老朋友,有时来拜会他们。他告诉他们说,犯了政治上的罪过的人是被囚监在一座堡垒的狱中的,狱中的屋顶上开有小窗,墙上也具有小孔,水常从这些窗孔中灌流进去以溺死囚犯们。

"我在书上读到了这些事,我还看见图画呢,"他说道,

"一个年轻的女郎,站在一架床上,水从墙洞中倾灌进去。"

"我的天呀!我的天呀!"马里亚·底莫菲夫娜微语道,泪珠在她双眼边颤抖着。

"他们还常常缢死人,"会计员继续的如梦的说道,"当然,有的人是被释放了,但那是很少遇到的事。"他加上了这话,想要安慰那两位老人家。"如果你犯了罪,你必须偿之……我曾读了一篇文章,说到这些事……他们被称为什么名字呢?……十二月革命党。"

会计员便叙述出他所读到的话,同时还加上了许许多多他所想象的话,以各种的历史小说混入了旧报纸中,充满了那一对老夫妇以如此的恐怖,竟使他们俩整夜的翻来覆去,叹息着,不能入睡。……

为了这个缘故,所以,史得芬·尼克弗洛威慈每当他的妻独自一人从车站上归来时,便说道:

"你,还希望他回来干么!"

他说这话时,显得很粗暴,但后来他便走到花园里去。他们俩在花园中有一所古旧的草盖的浴庐,墙上开着一扇小小的方形的窗。那个老头儿便偷偷的走进了这所草庐,自己锁在屋里,在这个独自一个人的孤寂里,他便如一个婴孩似的哭泣着,失望的低唔道:

"我的天呀！只要他是活着……只要他……别的都不管。……"

有一天早晨，史得芬·尼克弗洛威慈还在他办事的地方未回，马里亚·底莫菲夫娜也在厨房里忙着时，一部旧式的马车，其变色的防泥器，刹辣的响着，在屋前停着了。马里亚·底莫菲夫娜从窗中望了出来，拂尘器从她手上落下了。在马车的旁边，站着一个瘦长的学生，正等候着马车夫把一个旧箱子搬下车来。这个学生背部朝着窗口站着，但一见到那个旧箱子便足使马里亚·底莫菲夫娜飞奔到门口去。

"柯里亚！……亲爱的柯里亚！……"她叫道，她边笑边哭的奔去抱了这个少年人，开始去吻他。她几乎不能相信她的柯里亚是归来了，她凝望着他的脸，不断的问道：

"你身体好不好？你身体好不好？……"

"倒不坏！……"

"我们愁死了，我们想，不知道你是怎样的了！他们赦免了你么？……我的天，你是真的还活着！……"

那位少年人，脸色黧黑，具着一个瘦削而善感的面部，带着一个忧戚的微笑，有些纷扰的回答着他母亲的话，仿佛他在这位老太婆的面前，觉得有点不安似的。而她呢，却为快乐所窒塞了，她的充溢的温存，他是好久好久不曾惯受到了。

"给我那个包裹！……我自己！正当着人家已不再希冀着你的回来了！……我天天都到车站上去接你，我们只是不能决定有什么发生。"

"没有什么特别的事……我有一个时候是被囚禁着。……"

"在一座堡垒里？……而上帝帮助了你出狱？我正是这样的祷求着，亲爱的柯里亚。他们是否赦免你……全部的罪么？……"

"不，不是全部的赦免，不过……他们送我到你们这里加以管束……"那位学生说道，纷乱的微笑着。

"那么，他们对你将怎么办呢？……"

"没有什么特别的……我将在两年之后重进大学校。……"

"我有一天看见一个学生，经过车站……我问过他，但他对于你的事一点也不知道。……"

"我们全体怎么能够彼此知道呢？学生是那么多，妈妈。"

"你真的必须要吃些什么了！……你是那么瘦！……我一会儿就来！……"

二

他终于归家来了!

每件事都恰如从前的时候一样。那小房子是那么清洁的布置着……窗户上有帘帷……垂下的花朵儿……风吕草……长春藤……他记忆得很熟悉的挂在墙上的钟,还有使钟保持平均的那块马蹄铁,放在精致的榻前的那张圆桌,桌上覆以家织的亚麻布,布上的图样使人回想起好久以前的事……似乎他仿佛从他出世的那一天便看见过那些样子的图案,还有那沾在桌上的墨水渍!在两个窗户之间的一面墙上,钉着一个钉,钉上挂的是齐整的一夹子的《光明报》。从窗中望出去,可以看见一个阔大的绿色的花场和街道……街上是沉静而少人行……正像从前一毫不变样的,那鸽笼从屋的一角凸出,在外门的上面的是一具小小的风磨……白鹅带着他们的软毛茸茸的黄色的小鹅,在绿草地上走着,而在篱笆下面的苎麻丛里,一只猪睡在那里,摇摆它的耳朵。

尼古拉斯微笑着……这似乎只是昨天的事,自从他离开了那些鹅,那只猪!

蔚蓝的无云的天空,覆盖着全城,那么温和,那么慈爱,那么懒洋洋的燕子们在高高的天空里打着圈子……一只乌鸦张开了嘴,低垂了双翼,栖在高长的篱笆上。一只狗,郁郁无聊的漠漠然的，舌头挂了出来，正在池边喝着池水以解渴。还有一个人在步着呢！他也不忙；他步时，灰尘随之而扬起，他的眼光低垂着，嘴里吃着向日葵的子，随口吐出壳儿来。一个小小的矮而胖的孩子，骑着竹马，沿街奔跑着，以一条小小的鞭子，鞭策着他自己，还有一个孩子则靠在门上哭了起来。大约是那个矮而胖的孩子偷了他的马去罢！……麻雀们在紫丁香的花丛中及篱笆上啾唧唧的叫着，喧闹，争斗，抢夺，呼叫，好像妇人们之在商品陈列所里一样……有一只麻雀跳上很近于窗口的一个树枝上，带着称量着的好奇心向尼古拉斯窥望着，然后，即刻的啾唧的飞走了，别两只麻雀们又飞上同一的树枝上来……在窗盘上的是一个盘子，上覆以棕黄色的纸，纸上画着一个巨大的苍蝇，四面围绕着无数的小苍蝇。在这纸上躺着一个死蝇，其足向天的。……父亲在早春的时候，便已开始和苍蝇作战的了。他以此为乐……一定还有一张捕蝇纸挂在什么地方。果然……那捕蝇纸是挂在小桌子上面的墙上，正在那个地方，好久以前所曾悬挂着的！

尼古拉斯自己坐在窗口，开始向街上望着，当那部马车在篱后向他家轧轧的驱来时，在这位少年人心上所引起的喜悦，突然的死去了，变成了不确定的，离了开去。尼古拉斯开始觉得无聊。他见了这条街道的样子,见了那鸽笼,那在绿场上走着的鹅,那篱下的猪,他开始觉得在这些清洁的安乐的小房间们里的孤寂,房里的墙上,老是挂着一夹子的《光明报》,老是铺着针织的台布,老是悬着捕蝇纸……在这里,没有一个人曾想到,在远远的大城市里有什么重大的或有趣的事件发生,在大城市里,生命是好像放在火上的小水吊里的水般的滚沸着,在那里,在过去几个月里所发生的一切事里,是足使每个人类的灵魂里都孕着意义……尼古拉斯开始觉得,他具有两个完全差离的不同的生命,没有一个是有一点相同之处的:两个生命自始至终是不同的,一个生命是他在他所从来的地方所有的,其他的一个生命便是他在这里所有的。在那个地方的一段生活,现在看来,似乎是他所读到的一篇神仙故事一般,而在乡村间的这个生活,乃是真实的生活,有如一个自然界的规例一样,不更动,也不变异。

"你爱吃鱼么,亲爱的柯里亚?"

尼古拉斯回头望着。他的母亲嬉喧着,充满了快乐,正站在门口,两袖高卷了起来。

"鱼……好的……我不管。……"

"那么,我要煮一条鱼给你吃……一条鲤鱼,放些酸味的乳油！……"

"现在，来，来尝一点看！你从前是那么爱吃这道菜，"母亲说道，将一个热气腾腾的盘子放在桌上，"你坏蛋，你为何不动手！你要些什么？"马里亚·底莫菲夫娜没有等着她儿子的回答，显然的她并不注意到"他们所要的是什么"。她立刻便走到厨房里去，在那里，牛油是在放在火上的煮锅里滋滋的响着……然后，她在一个盘里，带了一大堆的面包来，忠告着她儿子道：

"别和你爸爸斗嘴：他会发怒的，可是一会儿也就平息下去了。顺着他一点儿，他年纪老了，他活得久了，而你还仅在学步呢。活了一辈子，并不是仅仅的像走过一个草场呢。……"

"爸爸什么时候才会回来呢？"

"正和向来一样，在三点钟的时候。"

"他现在在哪里工作？"

"还是在老地方，做保护人们的副手，……他的薪水也还是照旧……他从没有加过薪！照旧，我们必须感谢上帝，因为，他现在是老了，很难得写字，他的手那么颤抖抖的。……"

"颤抖着么？"尼古拉斯关心的问道。

"是的,颤抖着,亲爱的柯里亚。他在写给你的信里已经说起过的了,一种的疯瘫捉住了他。我们常常的希望着……但那个希望是什么!……你不能够带回来……趁热的吃着罢!……"

尼古拉斯慢慢的在吃着,不时的望着他的母亲,心里想着,在过去的两年之内,他在基乎的时候,她是变得如何的老态龙钟呀;她头上更多白发了,她的嘴部的两边更低下了,她的双手似乎更瘦得见骨了,她的背却也是更弯曲了。

马里亚·底莫菲夫娜焦急的望着墙上的钟;她在等候着史得芬·尼克弗洛威慈从保护人们的公事房里回来,她心里是纷杂着快乐、恐惧,与不耐的感情。她盼望他要立刻回来,以享见到他儿子的归来之乐;但她又是恐惧着,生怕父亲在狂热中要触犯了他的儿子,她希望儿子不至于说出什么触怒他父亲的话,她是战栗的又恐又喜的在等候着事情的发生。

"爸爸在公事房里还有两点钟才回来呢……公事房里有那么多的苍蝇,它们恼了爸爸,常常使他生了气回家来。"马里亚·底莫菲夫娜预先的警告道。

尼古拉斯心里也是纷乱的。他愿意愈快的见到他的父亲愈好,生怕他们的复和将因了互讦而毁坏了。事实是这样的：他将永远不会明白，无论人家如何想法子去说明，人家做的事为什么不能和自己从前做过的不同。谈到这件事，是不能免的。尼古拉斯觉得他是不错的，但仍然是焦急着；心头感着一种苦恼的忸怩。他凝视着墙上的钟，钟的指针迟慢的移到了三点。

"爸爸回来了！"

史得芬·尼克弗洛威慈徐徐的合式的一步步的跨过水塘，走近屋前。尼古拉斯远远的见到他的傲然的步伐，便知道是他回来了。这似乎是，史得芬·尼克弗洛威慈他自己觉得他在本城里是一位很重要的人物。他穿着一件光滑的铁青色的背心，戴着一顶尖帽，帽上钉着一个徽章。他手里执着一柄大伞，他的臂下则挟着一个护书。

"爸爸挟在腋下的是什么东西？"

"那是一个护书！"母亲和爱的说道，"他常是挟了它同走；有的时候，护书里空无一物，但他仍然挟着它。还有那柄伞，也是一样，即使是不下雨的时候，他也带着……"

当史得芬·尼克弗洛威慈走近了鹅群时，母鹅便伸长了颈，向他奔过去，意欲咬着他的脚，他停步不走，高高的扬起头来，摇动一个警戒的手指。母鹅立刻低下了头颈，吞了食物进去，尾巴急扭着，回到她小鹅们那儿去，史得芬·尼克弗洛威慈仍然神气活现的向前走着,他的宽大的背心的两面,在他的前后摆动着。

尼古拉斯出去,走到门边。

史得芬·尼克弗洛威慈并不匆忙。他已经知道尼古拉斯回来的事了,他在公事房里已经得到通知的了。"哈哈!你回来了!"他说道,微微的笑着,但并不匆忙,他仍以同样的规行矩步继续的走着。在史得芬·尼克弗洛威慈想来,在这位少年的政治犯面前,显示出他父亲的心里一见到了他的柯里亚便充溢着快乐的情形是很不应该的;这位同一的柯里亚,仅仅在前一夜里,他还梦见他陷在可怕的情况之中;这仿佛是,他被判决枪毙,跑回家来告别,脸色铁青,头发飞乱,嘴唇干枯,双足是赤裸着。

"昼安,爸爸!"

"你好,我的孩子!"

老头儿冷漠的拥抱了尼古拉斯,尖声的咳嗽起来,问道:

"你到家有多少时候了?"

"我是今天早晨到家的。"

"我是十分的高兴,十分的高兴!"史得芬·尼克弗洛威慈带着如同问讯一位客人似的口气说道。

马里亚·底莫菲夫娜奔到门前来。照旧的她赶不上重要的时间。她不曾看见父与子的复和的样子。她看见他们默默不言的走着，彼此并不望着，因便要想缓和那个情况：

"谢谢上帝，爸爸，我们的柯里亚回来了。你昨天还无端的说着你的噩梦，使我吓得不安着呢。他是活在世上，而且还是健康着，那是第一件大事……来，吃饭罢！苍蝇们很打扰着你么，爸爸？"

史得芬·尼克弗洛威慈并不回答她关于苍蝇的问题；他以为，他们是为了很不相同的一个理由而提起说的。他们坐在饭桌上，父亲严肃的在吃着，仿佛在举行一种仪式似的，他撕裂着面包，将他的羹匙放入蒸热的菜盘里，几乎都是带着恭敬的样子。他不时的以一些简短的问题问着他的儿子：

"那么，他们放了你出狱了？"

"是的。"

"那么你是曾经做过一次囚犯了？"

"是的。"

"如今是，他们使你回家来，受你父亲的管束了？"

"是的。"

羹汤吃完了，老头儿方才开始把话说得长些。

"你的意思现在要想怎么办呢，我的孩子？"

"过了几时，我还要再入学继续我的学业。"

"你的意思是说，要从头再学起。如果他们再把你踢出去呢？那么，你又要重新开始读起的了？"

"来，现在爸爸，老是什么从头，什么开始的，……上帝将会允许以后有一个结果的。"马里亚·底莫菲夫娜和解的说道。

"每一件事都有一个结果，那是自然界的法律，马里亚·底莫菲夫娜，"史得芬粗暴的答道，用他的饭巾擦着他的嘴，"有一天，我们俩都会遇到一个结局的……我们活着……总有个时候死去……为了什么缘故他们把你踢出去了，我的孩子？"

"为的是参加暴动。"

"呵，妙极！……为什么他们把你囚禁起来呢？"

"唔，真的是，我自己还不明白。"

"那么……唔……唔……要是没有一个因子，事情是不会发生出来的，我的孩子。我们所有的东西，我们不会保存，当我们失去了时，我们便求着要！我必须说，我从不曾想到你会做出那么一个举动来，我的孩子。"

"举动！什么一个奇怪的观念！"尼古拉斯自己咕噜着，他开始不能忍耐的将他的手指头梳过他的头发。

"那么，……我们付出了八年的预备学校的费用，我们请了一位导师，我们买了书包、书籍、文具、衣服、裤子……我计算着，有一天，所有这一切费用都会偿还给我的，但如今看来，将要在别一个世界里才会偿还的了，我的孩子。"

"但是，爸爸，你的这一番计算是没有理由的，"马里亚·底莫菲夫娜插进去说道，她看出父子俩的谈锋是取了一条错路走了，"每个人都有孩子们，便都该为他们费钱。这不能有别的路可走。孩子能因为他需要一件衣服和裤子而受责备……这似乎没有什么权利去计算。这是罪过的！"

"我只不过偶尔说说……话头来了……那一种的计算！"老头儿回答道，他狂咳了一顿，"你和我不需要什么东西。我们是活不了多久的了，在任何情形之下，我们都不会以此而赢得了什么。我只不过说说罢了……但这是可怅恨的，一个怜悯与烦恼！我们想要使他早些站住了他的足，使他成了一个人，虽然我们也许只有一只眼睛存在着，去看看他成了功，然后躺下去休息……但为什么说到这话？……一个人能够见到，每个人都是他自己的幸福的创造者。……"

"总是幸福、幸福的，"尼古拉斯安详的说道，他的语音有些破裂，"每个人都晓得他自己的幸福，那里却躺着所有不幸的根源……在一种人看来，名誉是比之任何幸福都更为可宝贵的。……"

"没有东西吃，那才是伟大的荣誉呢！"老头儿恼怒的扬起他的声音答道，他开始举行饭后的祷谢。

"我们怎么能明白呢？"他说道，当他说完了祷辞以后，"我们过去的老人儿，我们为什么活在世上呢？快快的如尘土似的被抛进坟墓里去，那不就完了！"

马里亚·底莫菲夫娜以她的老眼睛对着史得芬·尼克弗洛威慈眨眨，做出一个恼怒不耐的姿势。

"你一点东西都没有吃喝，柯里亚，只是说着话。"她说道。

"那已经够了，谢谢。"尼古拉斯说道。

"没有什么应该谢的事。"他父亲答道，叹了一口气。

尼古拉斯戴上了他的尖顶的帽。

"你到什么地方去，亲爱的柯里亚？"他母亲焦急的问道。

"我要出去散步一会儿。"

当尼古拉斯已经走出了门外的时候，一个人可以从开着的窗口，听见老头儿俩的愤愤的低语之声；马里亚·底莫菲夫娜说的是，他不该立刻便对孩子下攻击；不管怎样说法，他总是他的唯一的孩子！人总该可怜这个孩子！他自己并不以过去的行为而骄傲呢，而史得芬·尼克弗洛威慈则只是低声的复述着道：

"但是我说过什么特别的话没有呢，说过什么特别的话没有呢，妈妈？"

三

尼古拉斯走着，走着，走出了城外：他忧戚的吹啸着，缓缓的沿了街道走着，当他走过时，他从道边树枝上，撷下嫩叶子来，在他手掌中挼碎了。他是在深思着。他不时的停了步，眼望着无穷尽的绿麦的海，以及无穷尽的平原的青色的地平线，他的心里又为一种无望的苦闷所占有。四周围的每一个东西都是沉寂的。一只百灵鸟在天空的什么地方啭唱着呢；白云在高高的天上浮泛着……一只斑鸠含愠的在山谷的林莽里鸣叫着。每个东西都过着它自己的生活，他在大城市里所借以为生活的一切事物，他所认为伟大重要的一切事物，在这个地方似乎都是瞬刻即过的，被忽视的。在村乡之间，最重大的一件事便是身体安康无病，如果身体好，那么生活的全部问题便都可以解决了。只要注视到这块绿原上的和平的图画，便足以使你的心思想到这些无穷尽的田野以及这些和爱的天空，而去休息着；人们不盼求什么，正如这些田野，这些无情的天空，这些不动的白云，他们之不盼求什么一样。一切事物之将来也都正如他们的过去一样；冬天来了，然后夏天来了；田野变绿了，然后又为一片白云所遮没；百灵鸟在唱着。乌鸦也要在干的松林里噪鸣着；农人的大车在蜿蜒的小路上咿哑的进行着；每一个礼拜一，在镇上的大广场上都有一个市集，没有加油的车辆吱吱嘎嘎的在作响；喝醉了酒的农人们和瞎了眼的乞丐们……更没有别的事发生了。

太阳快沉下去了……他听见斑鸠在树林里鸣叫着……在她的叫声里到底有多少的忧戚在着呀！她似乎在控诉着，一切事物的进行，都正如她的在一百年的情形一模一样，在世界上将没有新的事物出现……

"我们要到河上去，到森林里去，到草场上去，……我要打猎。"尼古拉斯想道，他转身向镇上走去。

夕阳光正在家家的玻璃窗上嬉玩着。孩子们吵吵闹闹的正在游戏着。农家的妇女们正在闲咬着向日葵的子，坐在她们门后的长凳上，她们的婴孩们正伏在胸前吃奶。磨坊主人正走着路上，他自己以为是个要人，他的笨重的靴，扬起了不少尘土。尼古拉斯观察着各街各巷的形状，认出一家家的房屋、小街、小牧场、龌龊的池塘,仿佛他只是昨天才离开了他们而不见着的一样……

"昼安,你!"

尼古拉斯望着一个年轻的农人,他对尼古拉斯举起了帽,认得了他。

"你是格夫里洛么?"

"不错的。你还记得我?"

"我怎么能够不记得?"

"当然的,我们在一处游戏,我们在一起打架……"

"你的近况如何,格夫里洛?"

"我是很快乐的。我在玛得力酒馆里做事,八个卢布的薪水,还有小账。你怎么样了,尼古拉斯,你的近况如何?你已经毕业了么?还是在辛苦的研究着呢?"

"我正在休学……要休学两年。"

"但是为什么?"格夫里洛惊诧的问道。

尼古拉斯想要把他所以休学的原因的故事说出来,但当他望着这个人的那张愚蠢而自足的脸时,他便决意不说什么。

"再会,格夫里洛!"

"再会,尼古拉斯!你有时间可到我们的地方来玩玩?

常有一瓶的啤酒可喝，或可玩一场台球。请你来，我们有很不少的上等的客人们呢！"

格夫里洛扬起了他的帽子，脸上笑着的，对着在对面行人道上走着的一个绅士熟悉的鞠躬着。

"那人是我们查账员……伊凡·彼得洛威慈……很好的一个人！"格夫里洛说道，他便向着对街叫道：

"有一笔小账项你还没付出呢，伊凡·彼得洛威慈！"

尼古拉斯望着这位绅士，问格夫里洛道：

"他不是喀里金么？"

"正是的，喀里金。"格夫里洛快乐的断定道。

喀里金正沿了行人道而走着，仿佛他好久以前已经是倦得走不动了，仿佛他如今之所以走动，全为的是他不欲跌倒……尼古拉斯记得，当他自己在公立学校做小学生的时候，喀里金已是一个大学生，那时，他乃是大众注意的目的物，乃是所有年纪轻些的人们的妒忌的目标。在尼古拉斯那时看来，喀里金乃是人类中的最幸福者，乃是全镇中的最聪明、最有趣的人物。他曾给尼古拉斯书本及小册子读，他还自信的说，他想，他要专心致意于某种神圣的事。而现在，这里见生了一丛胡须的喀里金，头上戴着一顶制帽，身上穿上一件羊毛织的衣服和一条紧束在身上的裤子，他发胖了，看来正像一个平常的办事人员,他的双眼是慈祥的,他的双肩是更阔了,他的全部的外表,都可看出是一个保养得很好的男子的型子,他永不需要匆忙,他已经到了整个的停顿之时了,他爱吃些美食,他爱在饭后睡一个好觉,而在黄昏的时候,他便读着报纸谈着国家大事。

"伊凡·彼得洛威慈!"

喀里金向对面望着,蔼然的对尼古拉斯微笑,但他却并不走过街来,他在候着那位更年轻的人走到他那里去。

"哈,那么你回家来了!"喀里金说道,把他的柔软的手给了尼古拉斯。

"是的,我回来了。"

"你在学着科学么?"

"啊,科学?……那是和我的性情不相投合的!"

"为什么不相投合?"

"科学需要一个沉静的头脑,而我则是……"

"而你则是爱吵吵闹闹的,好像我的妻子!"喀里金说着,便接着一阵哈哈的大笑,觉得他自己的开得好玩笑。

尼古拉斯解释给他听,他是怎样的放弃了科学,但从喀里金方面得不到一点反应。

"这是不大好的,我的朋友……这一切不会有结果的……为了我们的少年们,这是很可怜的……你想要怎样的对付他们的贵族呢?……你不能够改变了他!……他们全都是白痴和无能力者!他们只需要塞饱了他们自己,有喝,有睡的!"

说到了贵族,喀里金是愤愤的,他觉得为了"这些猪子们",实在不值得去牺牲一双破旧的官靴,放弃了一个事业的。

"我,我的朋友,我也曾牺牲了些,但现在我是在懊悔;我们同学们现在都做了大学里的顾问了,而我依然还是一个政府里的书记!今天好热呀!"

喀里金脱下他的帽子,拭着他的头。然后他告诉尼古拉斯说,他是在国税征收部办事。他说,在国税征收部办事很不坏,为的是前途很有希望。在分手时,他说道:

"这里就是那红房子!……看来像一座大学校呢!这便是我们的国税征收所。"他用他的手指向街的那头指点着,"我们不久便都要在那里了。"他又自说笑话而自己笑着,他们分了手。

牛羊群从牧场上归来了;小城镇里似乎更喧闹了些,母牛们发出种种的叫声,羊群咩咩的叫着,小犊们高声的锐鸣着,牯牛们深沉的咆叫着。夹杂在这些牛羊们的叫声里的是妇人们呼叫着母鸡们的名字而促他们入鸡埘里去的声音；牧人们的长鞭不时的盘曲在空中，如放手枪似的啪的一下响着，同时一个愤怒的声音喊道："嘎，你们这些可恶的东西，你们走到什么地方去？你们都瞎了双眼么？"一阵金色的尘埃挂在各屋的周围。这是村镇里一天当中最有生气的时候。

四

一天跟了一天而过去。一个星期过去了。史得芬·尼克弗洛威慈被唤到警局里去，他们从他那里得到某种的申述去。他们要求尼古拉斯到警局里来："这是必要的，他也须签一个字。"史得芬·尼克弗洛威慈还去拜访警局局长。局长是一位矮胖的好癖性的老头儿，人家说他的相貌有些儿像特拉歌美洛夫将军，他颇以此自傲。这位局长乃是尼古拉斯的义父，他曾对史得芬·尼克弗洛威慈说过什么话，没有人能够知道，但自从他见过了局长之后，父亲对于那个孩子的态度却比较变得和善些，只不过时时的催促他道：

"第一件要紧的事是——你自己做事要见机。你为何不去拜访你的义父呢？这是不合礼貌的事。……"

"过几时再去拜访他……"尼古拉斯总是这样的说，但他却既不往他义父那里去，也并不到警局里去，虽然已经是被邀唤过好几回了。尼古拉斯喜欢独自一个人在着,他常是掮了一支枪在肩上,整天的在河岸上,在草场上,或在森林里漫游着。

有一个黄昏,他从这样的一个漫游里回家来。老头儿们正坐在园里的树下,茶锅放在身边。他的爸爸在喝着茶,读着《光明报》;妈妈在补缀他爸爸的袜子。他爸爸是皱着双眉,表现着生气的样子;他妈妈看来是有些吃惊。大约他们又在讨论尼古拉斯的事而发生争执的了。他的妈妈倒了一杯茶,把它送给尼古拉斯,同情的问道:

"你到什么地方去的?"

"在外边散散步。"尼古拉斯答道,把他的尖顶帽抛在紫丁香花枝上,自己在桌边坐下了。

"一个很好的行业!"史得芬·尼克弗洛威慈吼道,他的眼睛还盯在《光明报》上,并不抬起。尼古拉斯涨红了脸,但他这次强自抑止他的脾气正如他么常常的抑止住它一样。他们一声儿不响的坐在桌前,只有马里亚·底莫菲夫娜时以这样短短的语句打破了沉重的静默:"我希望不会下雨才好"或"我要预备些杂碎做晚餐"。

经过了长久的沉默之后,他的爸爸放下了报纸,说道:

"警局里来了一个通知书,我告诉过你不止一次两次的了！你必须到警局里去，你必须去！你已经拖延得够久了。你想要把我陷入哪一种的地位上去呢？"

尼古拉斯开始的说道："这并不是什么重要的事，从警局来的一纸通知书，乃是极平常的一件事。"但老头儿生了气，截断了他的话：

"不要想来教训我！我能够自己思想的！这已经是够我受的了；每个人都指点着我，而你还继续着你的把戏！你为何不去拜访你的义父呢？这对于我，对于我，你的爸爸，真是侮辱！"

"好胃口！"一个老人的声音从篱笆外面响着，现出一个头颅来。这乃是那个会计员，史得芬·尼克弗洛威慈的知己朋友。

"喝茶么？"他以一种蜜似的小声音问道。

"请进来！请进来！"马里亚·底莫菲夫娜和爱的叫道，她心里很高兴，有这个客人进来，在她的意见上，他来得正巧。

门开了，一个矮小的老头儿，头上戴着草帽，走了进来，他的语声和态度，是再像一个戏台上的老叔叔也没有的了。他们彼此问着好。爸爸把尼古拉斯介绍给他。

"嗄，这位社会主义者！我见到你是十分的高兴，十分的高兴!"客人说道,"我早已有幸的在远远的所在见到你了,但这乃是第一次和你接近的见着面。"

他们使茶锅再滚沸起来,开始喝茶。对于尼古拉斯的如常的探问又开始了,那是每一次老人家们有了一个客人都要开始的。

"你说,你是在学医科的么?"

"是的。"

"你是被休学两年么?"

"是的。"

"可怜!你现在大约是在懊恼着罢?"

对于这个问题,尼古拉斯的父亲常常是要这样的回答道:

"当然的,不过,如他们所说的,肘节是在邻近,但你仍然不能咬到它!"

"这是极可怜的。你们所不喜的是什么?"

尼古拉斯对于客人们诚恳的质问他的这些问题觉得难于作答。

"唔,也许……总而言之……"

"他们自己也不知道呢!"史得芬·尼克弗洛威慈说道,还愤愤的加上一句话,

"一顿好好的鞭挞,对于他们是有益的,一顿好好的鞭挞!"

于是老头们便谈起扰乱秩序的事件来。那位会计员发表了他的政治意见。他是大大的反对英格兰的,在每一个事件里,他都看出其动机是"恶意的诡计"。虽然他不直接的说出来,他却含蓄的说道,即在大学生们的扰乱的事件上,也总有些"外国的影响"在着。即在史得芬·尼克弗洛威慈听来,也觉得这话是"话中有话",他向来是十分的敬重这位会计员,当他是一位博读群书的人物。

"但是……我不很明白,怎么……"史得芬·尼克弗洛威慈说道。

"啊,经了那些犹太人……这乃是经了那些犹太人之手,英格兰在作着这个恶计呢!"会计员叫道,语声里充满着恨怒之意。

"啊……啊……"史得芬·尼克弗洛威慈嗫嚅的说道。

"是的,极确切的,经了犹太人之手!"

"当然那是很不同的一件事,很有可能的,很有可能的。"史得芬·尼克弗洛威慈同意的说道。

于是这两位老头儿开始讨论如何补救这件事情的办法。这位会计员有一个很简便的解决方法:

"而警局局长呢？……是他的义父不是呢？……只要他肯……他是特拉歌米洛夫将军的戚串呢！"

"不，他不过相貌有些像他而已，他并不是他的一个戚串！"

"但我告诉你，——一个戚串！我知道得很清楚……叫他到警局局长那里去，恳切的求着他……而你，你自己，史得芬·尼克弗洛威慈，也该去和他谈一回话。"

"我已经去过了，而我也曾告诉过他不止百回要他去的了！我说道：'去拜访你的义父！'但有什么用处？他会去要求什么事么？……他比一个将军还要傲慢些！"

于是开始了一场照常的责骂的话，这些话，尼古拉斯和马里亚·底莫菲夫娜都是那么样的害怕，因为他们使母子俩都感到那样的不安，且有着那样的感情，觉得任何时候，都会发生破裂，都会有一场家庭的不幸产生。

"我是一个老头儿了……我的手颤抖着！请看……请看，你这位英雄！"史得芬·尼克弗洛威慈叫道，同时他伸出一只手来，这手颤抖抖的仿佛他在害着疟病，但那位英雄却已经不在那里了；他已经在人们不注意的当儿溜了出去，已在篱笆外面走开去了。他走着走着，直到了夜间很晚的时候，还没有意思要到他的家去。他从一堵墙的罅隙处看见了"马特力"咖啡馆里的光亮,他用他的手杖在窗户上敲着。门开了一半,格夫里洛的睡容的脸露了出来。

"让我进去,格夫里洛。"

"很高兴的。"

"给我些啤酒。"

"啤酒在这里了。"

"谢谢你。"

尼古拉斯独自一人的坐在"马特力"咖啡馆里,坐了好一会,他面前放了一瓶啤酒,他的头靠在他的手上。……他在想着他现在必须怎么办才好,而他的思想充满了他以忧愁;在孤独与寂寞里,他低语道:"唉,同志们,痛苦已是深刻进我的心上了。"

"格夫里洛,再给我一瓶啤酒!"

他又喝起酒来,而愁思遂为快乐的回忆所代替,当这些回忆们扩大了时,在他心上的痛苦便不再啮着他了。他忘记了他的本乡,他听不见隔壁房间里台球的咯咯作响,他看不见咖啡馆里的齷齪的地板与四面的墙。在尼古拉斯的面前,基孚城现了出来,电灯光明亮亮的照耀着,充满着人民,充满着光亮、喧哗、笑声、音乐、歌声以及接响着的铃声。

尼古拉斯的脸色有光彩了,在他的唇边,飞泛着微笑,

他问着站在酒柜后边朦胧要睡的格夫里洛道:

"你到过基孚没有呢?"

"没有!"格夫里洛睡声的答道,然后,想了一会之后,有生气的加上说道,

"但是,我说在那边一定会有像这个一样的酒吧间罢?"

尼古拉斯大笑起来,摇摆着手,拿起他的尖顶的帽子。

"谢谢你的啤酒!"

天色已是夜了,月光照着,寂寂的,如有所思。月光将全镇照得明朗如画;钟塔里报着时刻,那钟声,愁郁而沉重的,从塔上落下来,慢慢的散在月亮的沉寂寂的光线中。尼古拉斯懒懒的回到他的家里,他的足步,在木头的行人道上高朗的响着,回声满街都是。他走着走着,然后停了步。他抬头仰望繁星满缀的天空,突然的开始唱起《马赛曲》。在一家人家的门外,有一只狗开始吠了起来,尼古拉斯突然的止了他的歌声。狗又不吠了,一切又都沉寂如前。仅有他的足音在空无人行的街上打破了若有所思的繁星之夜的沉寂。

五

那一夜,尼古拉斯有好久不能入睡。他躺在厅里的床上,在想着他在基孚所碰见的一切的事,其中有一个回忆,

在他心上格外鲜明的浮了上来，同时给他以痛苦与快乐……有一次，当尼古拉斯被囚在监狱里的时候，每一天在他看来似是一年的长久，当他好久好久时候所见到的只不过是狱室里的灰墙，他孤寂的被囚于中，当他感觉到他自己是被一切人所忘记，寂寞的，被生埋于一个石椁里的时候，狱室的门突然的开了，典狱官声言道：

"有人要会见你！"

他说了这句话便走开了。一个看守卒带着刀和手枪的留在那里。

"跟我走来！"看守卒说道。

尼古拉斯把他的大衣抛在肩上，戴上了他的尖顶帽子，跟了看守卒走去。他们沿了一条阴黑的甬道走着，经过无数的狱室的门前，间间狱室距离都相等，尼古拉斯心里想道：这是如何的像一个动物园啊！每一个房门都有号数，而在每一个房门——一个笼门——之内都有一只野兽在着……谁会到这里来看望尼古拉斯呢？这是可能的么，他的妈妈来到了？不，那是不可能的！她还不知道他是在监狱里呢。也许是他的一个同学罢？不，所有他的同学们不是被囚在狱，便已被放逐出去……并且，他们也不会允许一个大学生进来的……没有一个人会来到！

"谁来了呢?"尼古拉斯问着看守卒道。

看守卒让尼古拉斯走去,他自己跟在后边,但并不回答他的问话。尼古拉斯又重复的问了一句。

"我们是不准和你谈话的!"

"也许这是……错了?不是找我的?"

"你的未婚妻?……"

"未婚妻?……"尼古拉斯默默不言的停了一会,深深的呼吸了一次。他的心在跳着,他想要在整个监狱中高声大笑起来。

"往前走,往前走。……"

尼古拉斯知道这里的规矩,只有最亲近的亲属才能够允许和犯人见面,外面要见他的那位,一定是以未婚妻的资格而请求得允许的;只有她才有权利见到她的订婚的丈夫。那便是说,他已经订下了婚……订了婚!多么可笑的奇怪的一句话!尼古拉斯走着,微笑着;他的双眼因了快乐和激动而闪闪有光,他的心跳得更快了。"她到底是谁呢,我的未婚妻?"他自己在想道。他很快的在看守卒的前面走着,看守卒领他到一个小房间里;在这间房里,有一个小方窗,可以见着别一间阴暗的黄色房间。这个窗户里没有玻璃。只有一长排的铜条。从这个铜条中,尼古拉斯看见了一位少女,身穿春衣,头戴草帽,帽上饰以谷花。

"你好呀!"那位女郎说道,脸上和爱的微笑着,点着头。

靠近那位女郎的身旁,站着一位留着短发的看守官;当他由这一只脚换那只脚站着时,他的刺马距咯咯作响。

"你好!"尼古拉斯回答道,他们开始彼此瞪望着。

"你悲伤么?"

"不,真的不。"

尼古拉斯瞪望着那位女郎的脸,想要回忆起他是否曾在从前遇见过她。她的脸部罩上了一层轻的蓝色面网,窗间的铜条投射影子于其上。也许这便是他不能够认识到她的理由。

"请除下你的面网。"他羞怯的要求道。

"很好。"

那个看守官格外的注意着,每一次女郎移动着她的手,他必定响着他的刺马距,并且咳嗽着,如此的使他们明白,他是能够看见并且听见一切情形的。那位女郎揭起了她的面网,尼古拉斯为其明亮的一双棕色眼所沉醉了……那么漂亮的一张脸!尼古拉斯的脸红着,又低垂了他的双眼……不,他从不曾见到过她。……

"你必定不曾把你的格丽亚忘记了罢!"

"不曾。"尼古拉斯含糊的回答她,微笑着。

那位女郎如铃声似的格格笑着,她的牙齿从窗条中白璨璨的耀着,她的双眼是那么大,那么怪……看守官咯咯的响着他的刺马距,说道:

"我可以要求你更安静些么!"

"服从你的话!难道不许我笑么?"她滑稽的问道。

"这里是不许你高声大笑的。"

"那么,高声大哭呢?……你在这里有笑过么?"她问尼古拉斯道。

"一个人在这里既不想笑,也不想哭。"

他们沉默了一会,然后尼古拉斯问道:

"现在外面大约是很美丽罢?"

格丽亚匆匆的开始告诉他,怎样的春天已经来了,怎样的特尼卜河是涨了,高涨了;鹳鸟已经来了,春花都已经盛开了,他们的香气充满了空中;天上的星,星是大而光亮的照着,仿佛他们离地球更加近些。……

"我下次来的时候,要带些花儿给你。你爱不爱紫罗兰?"

"我要把他们放在我狱室里,而他们将会使我忆念到……你!"尼古拉斯颤声的说道,他直瞪视着那位女郎的双眼,脸上红着。多么美丽的脸!……

"你不要发愁,我每一个礼拜六都要来看你。"

他们彼此的凝望着,然后各自低下了眼。然后钟击了两下,会面的时候告终了。

"请!"看守卒开了门,说道。

"再见!不要那么发愁!无论你到什么地方,要记住你都会有朋友们在着的!"格丽亚高声的叫道,她又和爱的微笑着,快快的点着头……尼古拉斯戚戚的微笑着,也点着头,跟了看守卒走去。在他的眼眶边颤动着一粒眼泪,他的心是那么满盈盈的,他竟想在快乐中高声大叫起来。当他进了他的狱室,铁门在他背后,喀的一声闭上了时,他开始高声的唱着一首古老的俄国歌:"我要和你一同走出,我爱你。……"

"唱歌和跳舞,这里是不允许的。"一个严肃的声音训斥道。这个声音从门上的小洞中进到狱室里来,仿佛是那扇门他自己会发出人的语声来。尼古拉斯停了唱,问道:

"那么恋爱呢!这里也禁止恋爱么?"

没有回答的声音。

"我也可以有感觉么?"

没有回答。尼古拉斯整天的十分高兴，他仿佛简直的要忘记了他是在狱中。他不是嘴里咿唔着一首歌，便是仰着头在狱室里走来走去，有如一只野兽在它的笼中，对着人扬着爪；他更或像一个小学生在一个地点上跳来跳去，竟要跳起舞来。

"看着他罢，仿佛今天是他生日似的。"一个在廊间看守的人从小洞里偷偷的望着里面，想道。

黄昏到了。这是礼拜六。

在远处，礼拜堂的钟声开始铿锵的响起来了。他们的全套钟铃彼此互撞着，充满了人的心以一种忧戚而沉寂的思索，引起人的童年的回忆。尼古拉斯自己在想着。他的高兴消失了，他的心上洋溢着一种甜蜜的宁静；他打开了窗户，静听着钟声，望着蓝色的天空。夕阳的红照射在狱墙上，飞行而过的鸽子在蓝天中出现了，又不见了，这个夕阳光觉醒了他心上的忧思，而飞过的鸟儿们使他想到了自由。

夜是温暖，很有些春天的样子。在看得见的一片天空上，有一粒星很光亮的照耀着，似乎直向狱室的窗中望着。从什么地方，大约是从典狱官的住所罢，随风送来微微的音乐声，有时，就靠近于狱墙，有一只夜莺在婉转的唱着……尼古拉斯心里的寂寞与忧愁更尖锐了；他觉得他必须将那个寂寞之感，告诉给什么人。

"她是谁，这位可爱的格丽亚？"

他想要做诗，表白他的情感。他执着一支火柴梗，开始在灰色墙上划着：

> 光亮的星儿在蓝天上闪着，
> 从窗间流泛进来春天的芬芳，
> 在大地之上，睡眠们集合了一群的，
> 幻想与梦境的仙人们，飞翔于空中。

夜莺开始在歌唱着。他能够听得见有人在哈哈的笑着，春花的香味儿涌进狱室里来。尼古拉斯匆匆的用他的衣袖把写在墙上的字揩去，抛身在床上，开始低低的叫着：

"她是谁，这位美丽的格丽亚？"

整个礼拜里，尼古拉斯都在等候着礼拜六的到来，竟似乎这一天是永远不会来到似的。他为了它而生存着，什么别的事都不想……在夜里，他睡得很不安，不时的醒来，想到礼拜六，计算着礼拜六还有几天才到。最后，是礼拜六了，是一个阴沉沉的天气；天空为云所蔽，细雨在外边淅沥的下着，但尼古拉斯并不注意这个。他是聚精会神的在警觉着，静听着他狱室之外的每一个声响,每一个动静。他的午饭送进来了。

"有人来找我么?"

他没有得到回答。午饭一口都没有吃……他等待着,等待着……然后他按铃叫了看守卒来:

"有人来找我么?"

他没有得到回答。唱诗队的囚人们在唱晚餐的祈祷歌。……这明白的指出,她不来了。……吃过了晚餐,典狱官在巡逻着全监,踱进了尼古拉斯的狱室,给他一扎已萎了的紫罗兰。尼古拉斯红着脸颤抖着,几乎要从典狱官手中扯过那扎花来。他以失望的声音问道:

"我的访问者么?"

典狱官微笑着,走了出去。当他狱室的门闭上了时,尼古拉斯听见门外有声音说道:

"你们在这里的这一班人,都是已经订了婚的!"

尼古拉斯望着那束花朵,想着,不久以前,它们还在格丽亚的手中,那在他看来,似乎把这束花朵成了特殊的异乎寻常的紫罗兰。……他把脸伏在花朵上,嗅那香味儿,那春天与自由的芬芳味儿。……

他如抚育一个孩子似的看护这些花朵儿,想把它们养活着,但它们不久便黯淡了,枯萎了。死亡极快的走近了它们,而它们更没有力量去抵抗它。花朵儿谢了。只有一朵紫罗兰还有些生气。尼古拉斯把这朵紫罗兰放在一本书里。在翻开这本书的时候,尼古拉斯便注视着这朵枯干的花朵儿,而想道:"她是谁,这位可爱的格丽亚?"

六

尼古拉斯为一种刺耳的微语所惊醒。仿佛这微语充塞了整个屋子,不合宜的扰乱了宁静的春天的空气。那是什么声响?尼古拉斯静听着,记忆起来了,这乃是他父亲向上帝祷告的声音。这微语初而低弱,渐渐的变得更高声了,几乎是在怒叫,有时,他还能听见老骨头的触地的响声,当他父亲跪下去祈祷时,史得芬·尼克弗洛威慈正在为无数的戚串们祷求健安。……

"还求你佑我犯罪的儿子,你的仆人尼古拉斯。"那老头子带着一声叹息,低声说道,站起膝来,拍拍裤上的灰尘。

"起来!你今天必须到警局里去了!"当他走过尼古拉斯床边时,说道。

"好的!"

"不是'好的'!但这是起来洗脸,向上帝祈祷,到警局里去的时候了!"

老头子拉开了窗帷,打开了窗户。柔和的晨飔使房间里新鲜起来,唧唧喳喳的鸟声可以听得见,太阳光也进入了房内。尼古拉斯能够听见他母亲在矮树篱的旁边,将玻璃杯相触作响,以惊散围绕于她四周的母鸡们。尼古拉斯并不转动。他闭上双眼躺着,想要记住他所梦见的,美好而光明的有若清晨似的事,似乎很合适的老在他心上留恋着。啊,是的,格丽亚在他梦中出现了。穿着一身白衣,戴上一顶饰以谷花的草帽,她俯身于他脸上,在他的耳边微语些什么——到底她说些什么呢?他已不能记得的了。

"起来!你必须到警局里去一趟!"马里亚·底莫菲夫娜从开着的窗间和善的说道。尼古拉斯颤抖着,他的格丽亚的念头飞逝了,正有如为这位老太婆穿过紫丁香花丛枝而走到窗口时所惊飞而去的小鸟们一样。

"你听见了么?你必须到警局里去一趟!"

"我听见了!"尼古拉斯憎厌的答道。

总有一些时候了,"警局"这个名辞使得尼古拉斯充满了一种神经质的刺激,对于"教父"这个名辞,也是如此!这两个名辞在他心上竟是自己联成一气了。尼古拉斯穿了衣服,带着怒气的弄得水花四溅,以如此的愤怒在梳着他的头发,即从头颅上扯下一把乱发来也不自惜,然后,他走出房门,到矮树篱边上去。他们全都沉静的在喝着茶。他母亲把乳油饼干放在他面前,把糖放在玻璃杯中,总是专心一致的对他看顾着。那位老太婆极以此事为重要而加以留意,即他现在必须到警局去:在她看来,这个似是一件重要,却又艰难的事;它使她害怕,同时又使她喜欢,在她的心上醒觉着一种朦胧的希望。"愿上帝保佑你!"她自言自语的说道,当她把饼干传到尼古拉斯那边去时,而对着他以那样爱而且怜的眼光凝视着,仿佛她是看着他做什么危险的使命而去的……史得芬·尼克弗洛威慈则连正眼儿也不望他儿子一下,却只是皱着双眉,猪似的吼着;用手弄碎了糖块,又从台布上拾起碎块,放入他的玻璃杯里去。这一切都使尼古拉斯觉得不安,他不能吃,也不能喝什么,因为他觉得自己是因了不能自食其力而被责备着。

"这和你也要去理发一样——你必须和警局的副局长去谈话!请你到了那边时,必须更客气些:不要糟蹋了我和正当人物的关系!"那位老头子严厉的说道,遂即离开而去做工去了。

老头子一离开,马里亚·底莫菲夫娜说话便更自然,而尼古拉斯也恢复了他的食欲。

"你昨天到底到什么地方去的呢?"他母亲说道,"我们等了又等,我们不知道怎么想才好。我们几乎要到警局里去问了!"

尼古拉斯红着脸,停下了不吃。

"警局!警局!……说一句话就是'警局',你不让我喝我的茶而没有'警局'!"

"但是,柯里亚,我们是焦急着,你,是被命令由我们严加管束的。决不要使你爸爸有什么为难之处。"

"很对!很对!"

"你不能够离家过于长久!……他们从你爸爸那里取了甘结去了呢。"

"我,不会走开的,我没有地方可去。"

"自然啦!而在黄昏的时候,卡拉勤派人找你来着……有什么文件……一种的报告之类。"

尼古拉斯沉默不言,而他母亲开始详详尽尽的谈着那些卡拉勤们的事。

"他从学校里毕了业,得到一个好位置,结交了一位女郎,结了婚……一切事都如意如愿。"她说着,叹了一口气,眼中充满了愁意的望着她的孩子。

"我也曾为我自己找到了一个女郎呢。"尼古拉斯以一种讥嘲的微笑说道。

"她是谁?"她母亲不相信的问道。

"我不知道。……"

"你又来了!她的家庭是贵族呢,还是做买卖的?"

"我不知道。"

"她的家庭姓什么呢?"

"我不知道。"

马里亚·底莫菲夫娜笑了起来。

"女郎们是有不少位,她们全都是合适的……可是没有人现在愿意嫁给你,亲爱的柯里亚。"

"啊,是的,她要嫁给我的!"

"也许她是绝望了?咳,你,但愿你毕了业,得到了工作,娶得了一位高贵的女郎。你失去了你幸福的机缘了,柯里亚。"

"我愿你中止了悲愁,你使我十分的病倦了!"尼古拉斯说道,逐去了飞蝇们。

"不要生气。我只不过说着真话。我是那么样的为你而忧愁!"他母亲流着泪,说道。

"请你不要发愁……我有我自己的信仰。……"

当尼古拉斯离家而到警局去时,他的母亲站在大门口,在他背后画着十字："愿上帝佑你！"她微语道。

面朝着礼拜堂的方场，站着一所古老的黄色屋子，一个丑形的塔，高出于屋顶之上。在这屋子的广大的入口，常常有农民农妇们出入，他们的态度都是表现着一种无限的忍耐。当尼古拉斯看见这所阴郁的屋子时，他想到了他的"教父"，想到了一切他父亲的独白，一切他母亲的叹息与愁容。这所屋子似乎便是一所他在童年时所曾读到的可怕的童话中的有关于一生运命之屋。……当他进入门口时，那些农民们恭敬的站立起来，为了他的光闪闪的学生钮扣，男人们脱下了帽子，女人们低下了头。有人在微语道："咳，怜恤人的上帝啊！"而在这个微语里的，乃是一种痛苦与谦抑的全部崩坏。……那广大而朦胧微暗的门内，有一股潮湿和老鼠的气味；农村的妇人们也坐在这里的地板上，有一个传达人站在旁边，来回的走着，扭弄着他的髭须，和年轻的女人们在开着玩笑，……尼古拉斯问他们为何这许多人都在等候着，几个声音同时答道：

"我们都是证人，朋友，证人。"

而在这些匆促的回答里，显然的响着一个希望！也许这位穿着光亮钮扣的人，会替倦了的证人们做一点事吧……尼古拉斯走上了楼，在接待室里，有一个听差站在那里，问道:"你,有什么事?"他在私人会客室里等候着。当他坐在那里时,他听见这所屋子里的各式各样的声音——钢笔的刺刺作响,扶梯上有人在用足尖轻轻的走着上来,纸张的沙沙翻动之声——所有这一切,产生了一种沉重之感,一种要想打呵欠、要想睡眠的意志……在尼古拉斯看来,生命似乎一点一点的逐渐的离开他的身体,他的思想变成迟钝的了,他说话的能力离开去了,所以,到了末后,他也许要成一种无灵魂的东西。

"走过来!"

尼古拉斯睁开了眼。那个听差拉着他的衣袖,对着尼古拉斯所要进去的房门,扬扬他的手。尼古拉斯站了起来,但不能立刻走动,他头脑在嗡嗡的响着,而一只腿也睡着了,拒绝着动作。

"你的腿睡着了么?"听差说道,又向那房门指着。

尼古拉斯走进了那间灰色的大房里,有几个人坐在几张桌上,在写着什么。有一张桌子比别的桌子们都漂亮,有一个人坐在那里,显然的可以知道他是比其他一切人都高级些。也许这便是所谓秘书吧。

"你呢……秘书么?"

"我是的,"这个人高傲的答道,"请……我请你坐下……

你是史得芬·尼克弗洛威慈的儿子么?"

"是的,是他的儿子。"

"我很高兴见到你。我相信,你是被命由你父母严加管束的!……史得芬·尼克弗洛威慈和我是好朋友。你要抽一支香烟么?……这张迁移证要留在我们这里;你高兴把这些条文念着,并且签上字么?……这只不过一种形式而已。"秘书抱歉的微笑道。

尼古拉斯读着那些条文。

"你不许离开本城,不许教书,不许参加任何集会,不许参加演剧,不许……"有那么许多条文,而每一条的开始,都是"不许"这几个字。

"所有这一切,诚然不过是在纸上显得可怕而已,在我们一生中,还有更坏的事发生着呢。"秘书说道,仿佛他是抱歉着,想要安慰尼古拉斯似的;他把一支钢笔蘸上了墨水,殷勤的传给了尼古拉斯。尼古拉斯签了字,秘书立刻用吸墨水器印干了这签字的地方,解放的说道:

"事情已完毕了。"

尼古拉斯听见在他背后有窃窃微语的声音,当他回过头去看时,他看见这房间里的一切其他的人全都以好奇而惊骇的眼光对他望着。

"如果我没有弄错,我们的警长便是你的教父吧?"

"教父,是的,我的教父!"

"你还没有去见他吧?"

"没有。"

"你该要求你教父阻止那视察员到你家里去。你如果每礼拜到这里来一趟,那是更好。我们可以坐在一块,谈谈天,抽一支烟……这都不过是一种形式而已。……"

尼古拉斯觉得那灰色墙上的污秽仿佛竟进入他的灵魂中。他感得气息窒塞,想要愈快愈好的走出去,到新鲜的空气中去。但却别有一个穿着制服的人,走来说道,副警长命令尼古拉斯到他的书房里去见他。尼古拉斯红了脸,仿佛"命令"这两个字使他不悦。

"他有什么事呢?"

"他命令着……我不知道!"

"你要进去的,"秘书微语道,"这是按章办理。"

尼古拉斯燃着了一支香烟,带着愤愤的步伐,跟在那人背后走着……他们沿了一个甬道走着,在那里,又嗅到老鼠的气味,那人说道:"我们有不少的老鼠,……去年那老鼠啮碎了一件非常重要的文书……手是油腻的。……这是忏悔火曜日后的事……当然是油饼之故……文书的纸上有了油味儿……它们啃啮了全部文书,只留下封皮及装订之处。……"

"你们大约有具很有滋味的文件罢。"尼古拉斯讽刺的说道。

他们走进了一间大房间,在房的中央,放着一张长桌,桌上铺着一条绣着金花的红布。

"我们到了!"那人说道,"你该把你的烟头抛开去。"

"我立刻便要抽完了。"

尼古拉斯用力的吸了一下,从他的鼻中把烟喷了出来,那人说道:

"在这里,这是不许的,这是不应做的事!"他用他的手巾把烟气拍散了。

尼古拉斯将烟头抛在地板上。那人立刻将它捡起,不知道怎样处置它才好,最后,只好将它放入背心的衣袋里去。然后,他用足尖走近了门,轻轻的小心的打开了,轻声的说道:"他已经到了,他在这里。"

"叫他进来!"从门内传过来一个沉浊的声音。

"请!"那人说道,把门开得大一点,让尼古拉斯走进去。

尼古拉斯走了进去。副警长正坐在一张书桌椅上,披览什么文件。他沉默的命尼古拉斯坐在一张椅上，继续的读着，一边读书，一边还低低的咿唔着。尼古拉斯愤愤的望着他，竭力的抑制住自己，不让自己嚷出"你叫我来有什么事？"这句话来。最后，咿唔的声音停止了，副警长推开了文件，拉拉他的嘴边的髭须，问道：

"你是史得芬·尼克弗洛威慈的儿子么？"

"是的。"

"哈，哈！"副警长责备的摇着头，"你做了什么事？"他问道，然后他站了起来，闭上了门，又坐下来。尼古拉斯脸朝旁边望着，沉默不言。

"你要的什么，嗳？平等？但那是不可能的，少年人，……你且看看，你是骨瘦如柴，而我是肥健的。一个喜吃菜根，一个喜吃肉。一个人天然是有能耐的，第二人却生来是傻瓜。自然他自己，少年人，是不需要平等的……而你，……"

"我什么也不要！"

"我必得告诉你，你不该听那些煽惑者们的谈到这个平等的话，……不，世界上没有平等，也永不会有，少年人……我极喜欢你的爸爸，而我之告诉你这一切话，不是在一位副警长的地位上说的，却是从一位对你怀着好意，一位曾经有过经验的生活人说的。你以为我从不曾梦过平等么？我的上帝……在年轻的时候我们大家全都曾做过梦，闯下了祸……但时候到了，那时理性恢复了……一切事都能补救的……一切事都会平稳的顺利的过去的……现在你是在这里，反给我们严加管束，当然……"

"原谅我，我没有工夫！"

尼古拉斯站了起来，走出去。他的脸色是苍白的，低垂了头，疲倦着，他的双手颤抖着，而在他的眼中，射出憎恶的冷光。

七

白的红的丁香花正在矮篱边盛开着，鸽子们在清晨咕咕的叫着，夜莺们也还在园中柠檬树上歌唱着。这间小屋，整个的为绿色所包围，几丛的青草竟在半已朽腐的屋梁之间生长出来。天气是温热的，绿水在召唤着人们去游泳。

既然在家里，除了继续不断的怨骂、诉苦，说着运命的不济、经济的艰难，说着双手的颤抖不止，说着尼古拉斯不能副其父母之所望之外更无别事，则他也只好常常揹起他的猎枪，向河边散漫着闲走了。在河的那面的草原上，有好几个小湖，那么宁静默思的湖水，四周围都被金链花和芦苇所围着,他们像绝大的明镜,反映着青天和流云;坐在那里,静听着芦苇的萧萧作响,若诉故事,这是多么快乐的事;静听着它们,会使心头更恬静,更满足,所有一切生命中的创痕,似乎都平息了,人生的和平的快乐,和青春的幸福,开始的反映在心上,正像青天之反映在湖上一样。……有时,这些恬静的思想和梦境乃被一只水禽飞落湖面所中断;那水禽是秀美而高傲的在水面上游着,绕着芦苇打圈子,静静的在召唤它的伴侣。这水禽很容易被猎取,但尼古拉斯并不举起他的枪来,他放轻呼吸,继续的在醉心的默想着,他觉得,他正在分享着自然界最亲切的神秘……他忘记了他的家,他自己,也从责骂、诉苦以及忠告(这是他每在街上遇见一人便要贡献给他的)里解放出来。这些责骂、诉苦以及忠告,渐渐的来得更尖锐,更常听到。他母亲不过叹气叹得更多,但他父亲见到他时却不能不有些恼人的话。如果那位儿子在花园里念书呢,那么父亲便要说道:"读书有什么用处呢?"如果那位儿子在草地上闲步着,不做什么事呢,那么父亲便要说道:"吃饭是快乐、舒服的事儿,顶要紧的事儿,却不要做什么事!"如果尼古拉斯是离开了家一会儿时候呢,那么老头子便要从靴子后跟糟蹋得可惜谈起,谈到双亲的可怜……史得芬·尼克弗洛威慈一直这样说下去,并不是不顾到他儿子的不高兴或想去责备他，却因为他希望着要增进"可怜的柯里亚"，希望着要影响到他的"回心转意"；那便是史得芬·尼克弗洛威慈怎样的表白他自己，当那个副警长告诉过尼古拉斯怎样的在他办公房里的行为之后。……那位老头子在极小的小事上都要找到一个错处来。他在地板上捡拾起一支尼古拉斯抛下的烟头，便要咆吼道："把你的灰抛到任何地方去吧，我们一点也不管它！"注意到他的龌龊的靴子时，老头子便要叹息的说道：

"为什么要把它们刷干净了？想如我们所做的，我们能够穿着任何鞋履在镇上走着。"……

有一天，史得芬·尼克弗洛威慈在街上遇见了警长，他心里很不安。他现在是不敢遇见镇中的任何要人们。这似乎有一点，他在他们之前，有一种不便当，或他做下了什么很丑的事，这事是这些人物们所决想不到会是一位家世清白，且曾得到一个三十年办事无疵的勋章的著名人员所做下来的。

"你们为何不来看我呢？"警长问道。

"我们想来……但总不能够实践。"史得芬·尼克弗洛威慈答道，低下了眼，假说着马里亚·底莫菲夫娜近来身体不好。

"现在我的教子是一位好人物！连他的脸都不见！……"

史得芬·尼克弗洛威慈觉得十分的不安,他自己想道:"这诚然是尼古拉斯方面的不对,我对他说过一千次了,提醒着他,反复的叮咛着。现在他是做下了。"

"他是难过着……他做下了不良的事。而现在,他是躲藏着……羞于见人的脸。"史得芬·尼克弗洛威慈答道,摇着头,深深的叹气。

"啊,那没有什么,没有什么……一个人不能责备别人已经过去的错误。"警长说道。

"但他是懊恼着……他以为你是十分的不喜欢。也许不愿意……因为实在的,你知道……虽然在一方面是他的教父,……在别一方面,随你说吧……是警长。"

警长开始好脾气的大笑起来。

"那没有什么。全都过去了。谁都不能无过。……让他来见我,我要叱责他,但是一位教父的叱责,而不是警长的。……他们今日的少年们都是怎样的捣乱分子啊……一等到他们的胡子长出来的时候,他们便开始要求一个共和国!"

警长的肥胖的身体为了笑乐的颤动着。史得芬·尼克弗洛威慈为这一切的和善的与谦逊的态度弄得迷糊个不了,小小的泪珠开始集合在这位老人家的眼睑上,他的颤震的双手因快乐而发抖了,他必须捉住这个机会。

"我们都曾年轻过来，我们老蠢物们……他诚是一个好孩子，仁善，和静，可敬……为什么突然会遭到了这事，我不能够明白。"

警长同情的点着他的头，老头子凭着勇气，开始问道："他不能够用什么方法补救少年的罪过，……回到他学校中去么？"

"我们将等待一会儿，然后我们试试看。也许我们能够为他布置一下。"于是他握着老头儿的颤抖的手，摇了摇，走了开去。史得芬·尼克弗洛威慈两次回转头向徐步而去的警长望着，自言自语道：

"好不可怪的人！"

老头子高高兴兴的回家，摇摆着他的伞，从他无牙齿的口中唱道：

> 灯儿呀，小小的主子们啊，
> 燃烧着，燃烧着……
> 他们所看见的，他们所听见的，
> 他们什么都不对人说。

在吃饭的时候，他和爱的望着他的儿子，和马里亚·底莫菲夫娜开着玩笑，几乎忘记了他的颤抖着的双手。第三道

菜是和着牛乳的饼,当他把软糖递给尼古拉斯时,他开玩笑道:

"下点盐在你大饼里吧,社会主义先生!"

在餐后,以特别的热忱向上帝祷告着,然后,这老头子把双手放在背后,在房间里走来走去,唱道:

> 灯儿啊,小小的主子们啊,
> 燃烧着,燃烧着……

"什么事使你今天歌唱着呢?"马里亚·底莫菲夫娜惊诧的问道;但老头子并不回答她,只是站定了,用他的抖抖的手在马里亚·底莫菲夫娜的鼻下指挥着,继续的唱道:

> 他们所看见的,他们所听见的,
> 他们什么都不对人说。

马里亚·底莫菲夫娜也变得快乐些,她在篱下一块干净的台布之上预备着茶,取出新做的果酱来,执着擦得光光亮亮的茶壶在树枝之下喧嚷的走着。他们坐下来喝茶,而史得芬·尼克弗洛威慈最后显示他的手:

"社会主义者,请到这里来!有一个真好的消息!走过来!我不骗你!"

尼古拉斯颤抖着,脸色变白了。一阵奇异的恐惧捉住了这位少年,为了他父亲的高兴,当他坐在凳子上时,他几乎像要从一个什么事将要发生的预告退缩回去。他静听着,镇定他自己,想着那最坏的结果。……

"我已经告诉过你一千次了,你必须去见你的教父。"

"那么是这件事……又是教父!"

那老头子告诉出他和警长的相见,复说着他们全部的谈话,同时,变更了警长所说的话——他实在并非有意这么做——活像警长已经一口允许替尼古拉斯设法恢复学籍,如果他恢复了理智,在他脑中除去了这个"社会主义的朽物"。

"好不可怪的人!"史得芬·尼克弗洛威慈反复的说了几次,以这样的教训中止了他的谈话:

"在礼拜天到教堂里去,再从那儿到你教父那里去。做着该做的事,一切事便都会如意了。"

尼古拉斯坐在那里,沉默的凝望着台布上的图案:他父亲正在说着,现在恰是脱离那些愚蠢的思想的时候,要明白,就是自然他自己也不会允许这个愚蠢的平等的……以及其他的话。

"你的头将不会落下,因为在你的一生里,有一次你将它很低很低的俯下!"

"但恰遇着它落下了?"

老头子因愤怒而红了脸。他望着脸色苍白的尼古拉斯,抛下一只茶匙,叫道:

"那么,说来你是一个傻瓜了……你明白么?"

"我明白。"

"你必须去……我说过我的话了……你听见了么?"

"我不去。"尼古拉斯沉着的说道,他站了起来。

"什么?"

母亲不知要怎样中止这个事变才好。她恳求的望着史得芬·尼克弗洛威慈,拉拉他的衣袖,低语的恳求道:

"看在上帝的份上!"

尼古拉斯拿起他的帽子,从花园中很快的走了出去,他向河边走去。他在河岸上坐了很久时候,不动,不言,双眼凝望着远处。他的唇颤抖着,勉强的成为一个微笑,而他的双眼为泪水所沾湿。……夏日的长昼徐缓的过去了,走近来的黄昏,把地平线的轮廓显得模糊起来;夕阳带着一个忧戚的微笑,望着渐黑下去的自然界。阴影开始爬出来,在深绿的水面上显出有定的形骸出来。那水流,那草原,那森林,一切都变成深思的：那最后的几缕夕阳的红光在河湾上嬉戏着。潮湿气，腐草和泥土的气味儿，更强烈的从河岸上发出。天空更黑暗了，云更沉重了，幻变成各种的形式，化作奇怪的巨兽的幻象。有时在微光中，尼古拉斯听见一只水鸟飞过的锐鸣；或者一只野鸭，为什么所惊，从河的那边的湖上飞出，以它的强健的双翼，激动的拍打着空气。……一阵温暖的微风偷偷的从尼古拉斯正坐其下的树枝间吹过，嫩叶的神秘的微语，混杂着河流奔走着和大岸相冲击的呻吟声。

尼古拉斯看着夏天的黄昏慢慢的逝去了，他的思想远远的飞过河的那边，飞过草原之外，在黑暗的森林的一方。……那里，他不知道。向着特尼卜河的什么地方，在带着阳台的一间老室的一个恬静的屋隅，鹳鸟栖在屋顶上，有一所阴沉沉的公园，靠近绿岸有一所浴池……在那边，在这恬静的黄昏里，可以听见一个棕色眼的女郎的温柔的语声，在那古老的公园的密枝浓林中，鲜明的现出一个穿着白色衣服，头戴饰着谷花的草帽的伶俐身材来。

他坐在那里想念着格丽亚。他满足着没有人来间断他的思路；恬静的沉睡的河流和那远处的青色雾，似乎告诉出关于那位棕色眼的女郎所住的可爱的地方的一个故事……当他想到了她，尼古拉斯便安逸的以一种甜蜜而清朗的声音唱

着,眼望了河的对岸:

"风在山中,在森林中咆吼着,发出一阵大大的喧哗之声……"四周围恬静而沉寂,那歌声在河岸上忧戚的响着,仿佛带着一种对谁哀诉的语气似的;风带了它沿河而去,吹散了它,如吹散了云纱似的,在那黑暗中,……也许,就在如今这时候,格丽亚也正坐在特尼卜河的某处河岸上在想念着他。尼古拉斯以忧戚的双眼凝望着河对岸的远处的青雾,他的歌声更忧郁的响着:

啊,格丽亚,我的小女郎,我的亲爱的人儿,我是怎样的忧戚……你是孤单着!

新月驶了前来,河水开始被照得发光,一阵银色的影子在水面上涟涟的动着。农人们在草地上燃着烟火……

"你在沉寂中歌唱着啊!"

尼古拉斯中断了他的歌,有些不安,仿佛他是在做什么犯法的事而被捉住一样。他回头一望,在微光中看见一个人形,戴着一顶草帽,挟着一把伞。

"你不认识我了么?我是本地银行里会计员——你父亲的一位朋友。"

"啊！……"

"一个可爱的黄昏，可爱的黄昏！……好天气……唱吧……我要静听……我爱唱歌……我常是指导着礼拜堂里的唱诗班，但我现在不能做了。……"

那位会计员走下河岸，带着老人的喘息，靠近尼古拉斯，坐在草上。

"你去见你的教父了么？"

尼古拉斯一跳站了起来，拉下他的尖顶帽，走了开去。

"你们这一班人全都要到地狱去！"他头也不回，带着哭声的说道，在树林后不见了。

"啊，……走去……走去……"那笨伯的会计员说道，有好些时候，他凝望着这个鲁莽的少年人所消失的那树林中。

八

尼古拉斯沿着河岸漫行了好久好久，然后，已在镇的外边了。月光很明亮。群蛙在路旁的泥塘里咯咯的作响，有人以一种颤抖的中高音在唱着一首哀曲。到处都是小小的火光，从村屋的窗间透出。一切都是恬静的，异常的恬静，似乎连月亮在沉默中也都停步不前行了。……一只狗在村镇的一端的什么地方吠叫着，而它的吠声反应在夜的银白色的光中，是那么无情，那么清晰。时时的，钟声从钟塔上送出来，它们的响声在空气中传播得很久，每一个钟声紧接着第二声而来，仿佛它是不愿意沉默似的……在篱后，树木的长枝，神秘的向外窥望，似乎它们也在探问，这个到底是甚等样子的人物，在夜里独自一个的在路上漫游着，他所要的是什么。镇中的传呼者，在走近了尼古拉斯垂头丧气的身形时，将他的铎声响得更高。它的回声从篱后回过来，以不入耳的喧声扰乱着空中。

"你是谁？"当他走近了尼古拉斯时，严肃的问道，但立刻便微笑起来，安静的说道，

"我没有认到是您，先生……睡不着么？"

"那是对的。"

"那么好的一个夜……你们少年人……当你们独自住着时，你们是睡不着的！……哈，哈，哈，哈！"

老年人向前走去，双足倾斜的走着。在田地里，在银白色的夜间，哀歌仍继续着，群蛙们仍在泥塘里咯咯作响，钟塔上的钟，也鸣着报时。尼古拉斯在计数着，当最后的钟声在沉寂中死去时，他便转身回家。在路上，他从一个有灯光的窗户中，窥进一所小屋的安乐的房间：在食桌上，坐着一

个男子，身上只穿着他的背衣，很有滋味的在吃着深盘中的粥；他张开大嘴，以受大汤匙，他的如一把毛刷似的乱发，每当他啜嚼着粥时便摇动着。在他对面，站着一个肥大的少妇，她的下颔支在她手上，她很愉快的望着她男人在享用食物。

"上帝给我们以食物，没有人看见。"男人说道，放下他的汤匙，欠伸他自己的身体。

"如果有什么人见到了，他不会伤害我们的！"女人说道，把盘子拿开去。

穿着背心的男人猪似的呻着，又欠伸了一下，轻轻的抚拍那女人一下。尼古拉斯微笑着，走他的路。"他们在那里不需要什么，世界上没有事足以使他们感到兴味的。"……尼古拉斯离家愈近，他的脚步走得愈慢；在那篱后的安乐的小屋里，他度过他的天真烂漫的童年，他在其中是那么长年久月的被人所挚爱着，而他现在却感到这地方是那么压迫他，那么使他窒息得透不过气来，他竟不想回转去，仿佛在那绿色的围墙之后有什么可怕的东西在等候着他。

史得芬·尼克弗洛威慈是坐在门后的木凳上面。尼古拉斯不曾立即看见他父亲，因为一株丁香花的影子正遮着他的不动身形，尼古拉斯已经握住了门环了，老头子突然的咳嗽起来，粗声的问道：

"是你么，尼古拉斯？"

尼古拉斯在不意中吃了一吓，颤抖着，很不安，说道：

"你坐在外面么？"

"你是常常的到处乱跑。来谈几句话，我的好朋友！"

"好的！"

"不是'好的'！我今天去见警长了……一位怪可爱的人！……虽然你是那么顽皮，你，仍然是他的教子，……你明白么？"

"我明白。"

"他命令说，你写一封请求书，说明你过去所做的全是错误，……你是被人所诱骗，……你明白么？"

"我明白。"

"还说，你是对此一切皆深为忧愁，请求宽恕了你，这一切的愚蠢的行为……你将永远不再参与这些行动……你听见了么？"

"我听见了。"

"而我，在我这方面，也要写一封恳求书……我是一个双手颤抖不已的老头儿……我三十五年来尽心苦作，忠实无疵……你听见么？"

"我听见了。"

"一切事便都将预备好。警长在他一方面也将写……"

尼古拉斯站在门旁。宛如一个被判决死刑的人,他眩晕的望着地下,他的双手悬挂在身旁,而他沉寂的反复说道"我明白","我听见了"。一只蚊子在他耳边嗡嗡的作响,仿佛是可怜他;它的嗡嗡之声,长久,沉浊,而且坚耐,在他的脑中回响着,像一个长久无边的可怜的呻吟。一只狗在什么地方吠着。明亮的繁星在天上冷淡无情的照耀着,四周围十二分的沉寂,仿佛夜是停住了呼吸的,在听着尼古拉斯的灵魂中发出了什么思念似的。

"你明天必须去谢谢他。"

尼古拉斯沉默着。

"一切事都将如意……你将可以再回学校里去。"

"我不要到什么地方去,也不写什么!"尼古拉斯以一种壅室的低声说道,他走了开去。

"为什么?"老头子喊叫他来,从凳上站起,跟着他的儿子。

"我不能够做。"

"但你能够充塞了你的胃!"

"让我一个人在着吧!"尼古拉斯狂喊道,加快了他的脚步,他走过门廊,向厨房后园而去,而到了那间浴室中,不过几天以前他才把这浴室当作了他的休息之处。

"啊,你坏蛋!"老头子低语道。当那向后园去的门喀的一声闭上了时,他便高声的叫道:

"坏蛋!"

而这一声尖喊,惊醒了沉寂的夜。它颤抖着,带着战栗的回音,反应道"坏蛋"。……

尼古拉斯进了浴室,燃上了一支残烛。影子在地板上波动着,也在黑烟熏的墙上波动着,而自己消灭在屋角上。红的火焰在这个黑屋的暗中跳动着,壁炉中的蟋蟀停止了它们的喧哗。这地方很潮湿,且有一股儿煤烟气。在一个翻过底来的木桶上面,放着书籍和文具;一张靠椅站在一张大凳的左近,一件学生衣挂在它的椅背上。尼古拉斯打开了小窗户。然后在室中走来走去,像一只被囚于笼中的野兽,然后,他突然感到他四肢的异常的疲倦,他吹熄了烛光,仰身躺在凳上,双手掩着眼。当他宁静下来时,夏夜便从小窗中透漏过来,在墙后的苎麻丛中,蚱蜢在沙沙的响着;小铃的叮当声可以听得见,起初是大,渐渐的在远处消失了……有人正动身到什么地方去呢,那个幸福的人儿……一个人必须走开到什么地方去……必须要走开……立即便走开去……我的上帝，他是如何的疲倦，如何的不可忍耐的疲倦！蟋蟀又叫起来了，别种沙剌沙剌的声响也可以听得见，在浴室外面走着呢，走到窗户边了……什么地方，有一只鸡在咯咯的啼，拍着它的强健的双翼。那是什么呢？尼古拉斯支着肘坐了起来，害怕的问道：

"谁在那里？"而他握住了他的枪。

"是我，亲爱的柯里亚，是我，亲爱的。"一个老人的泣声在窗边低语道，而在夜间的明亮背景里，他母亲的头部可以看得见。

"是你么？"

"你没有睡么？……你伤心么？"那老妇人以无限的爱怜低问着；然后她沉默了，一个人能够听得见她是在柔声的泣着，靠在小窗上。尼古拉斯走向他母亲身边。

"不要哭，看上帝份上！"他恳求的说道，想要咽回在他自己咽喉的啜泣。

"唉，我亲爱的，我的心那么为你而痛楚着，我不能禁止我的眼泪落下。"

尼古拉斯从窗户边急奔回去，他的脸藏在一个暗隅中，开始伤心失望的哭泣着……他母亲渐渐的走进了浴室，将她的头靠在她儿子的背上，她开始哭起来。他们那样的站着好久时候，在黑暗中哭泣着。然后他们都止了哭，沉默的坐在凳上。母亲握住了尼古拉斯的手，紧紧的握在她自己的手里，而他觉得那几根嶙峋的老骨怎样的更强固的握住了他的手……

"我……我不能和你同住在这里了，"尼古拉斯最后啜泣着，以一种颤抖的低声说道，……"我必须走开到什么地方去。"

"你爸爸使你伤心么？……伤损你很厉害么？……他说了什么话使你伤心呢？"老太婆倾身向他儿子，开始抚摩他的头发。尼古拉斯低下了头，柔顺的受她的抚爱，在他看来，仿佛他如今是变得小了，十分的小了，他再度变为一个小学校的学生了，正如他从前那么爱恋他母亲似的，无限量的在爱她，预备为她而牺牲了他的生命。

"我必得要怎么办呢？……我不知道……我不能再忍受下去了……你晓得么？……我不能再生活下去了，"他低语道，将他的灼热的唇压在她手上，"我应该走开到什么地方去……逃了开去。……"

"而你不为你爸爸发愁么？他现在正在哭着呢。……你以为他并不忧心么？……想想他这老年人罢。照他所要求的做去……不要那么高傲。……嗳，你……"

母亲安静而亲切的谈到人生,谈到老年,谈到死,谈到父母的心。她话中的意义并不达到尼古拉斯的良知,但他却是为这一场充满了爱恋亲切的安静和善的闲谈所舒安下去。

"去写他要求你写的东西。"

尼古拉斯记忆起来,摇摇头。

"我不能够……你明白了么?……我不能够……如果你爱我,请不要叫我写这东西……我要走开到什么地方去。……"

"你能到什么地方去呢,亲爱的柯里亚?你什么地方都不能去……爸爸是替你负责任的。……"

"不,我不能去。"尼古拉斯柔声的同意着,一刻的沉默。

他们坐了好一会,在沉默中想到了各种的事。

温热的夜从小窗中望了进来,仿佛要静听这两个藏在黑暗中的人心中发生了什么事。

在小屋的一间房中,就在树篱之后,反射出一星的红色的小火焰;在那里,在圣像的燃烧的灯光之前的乃是史得芬·尼克弗洛威慈,他卑抑的伏在地上,虔敬的对主祈祷着,求他抑制并指导那个走入迷途的少年人。

九

天空是一朵云也没有，夏天的正午的太阳照得那么光亮，使人连正眼望着它都不可能。麻雀们在大路上灰尘中浴着，乌鸦们栖在屋顶上，双翼伸长出来。这小小的村镇乃为炎暑所征服，什么都是沉寂的，欲睡的，恬静的。居民们都躲藏在他们的家里，仿佛没有一个人有事要做似的，仿佛对于立在绿树篱后的小屋所发生的事一点兴趣也没有似的。一匹马拖着一具小车，正站在门边，正用它的尾巴，摇逐去捣乱的苍蝇们；马车夫正坐在篱上，懒懒的用他的马鞭拍打去他靴上的污泥。从屋里的一个打开的窗户中，可以听得见漫长的呻吟声，有几个人低声的在廊前谈着，有一个人的足跟匆急而喧哗的踏上了扶梯……有一会儿，什么都是沉寂的，仿佛在这小屋中的个个人都已入睡了；然后，呻吟声又听得见，仿佛有人正为痛苦所捉住；然后又是低语声、走路声，以及那沙沙的响声……

"谁来了？"那位会计员有声无气的低问道。

"医生来了。"

会计员又呼吸起来，合起他的伞，开始恐怖的从篱笆中窥进园后。……他以手指，招呼着人，向外走几步，用手巾拭着他脸上的汗，门是半开着，一个农妇，亚尼西娅，向外窥望着。她的脸是可怕的,她具有一副不安的表情,当她一见到会计员时,她的眼睛便霎闪起来,眼泪落下了。

"屋子里现在有什么事发生呢?"

那农妇摇着她的手臂,以她的围裙遮了她的脸。她啜泣的说道,他们正在使他恢复病体,那可怜的老主人……他是太沉重了……十分的沉重了……他的手足都不能转动了……他不能说话……只是那么可怜的凝望着。……她啜泣的说出这一切话,当她闷在她围裙中时。

"但请进来罢!"

"有什么用呢?……没有可以帮助的。"会计员叹了一口气,低语道,他自己坐在板凳上。马车夫站了起来,他以为坐在一位先生的左近是不恭敬的。

"那位少年人……你看见他了么?"亚尼西婀问道。

"没有看见……他在哪里?"

"他是那么安舒的躺在浴室中,仿佛还活着似的……正像他是睡着,可怜的亲爱的!"亚尼西婀带哭声的说道,她的脸还蒙在围裙中,她退在门后不见了。……有一个老人戴着青色眼镜的经过草地而来,他头上戴的是尖顶帽。他走近了会计员,低声的问他几句话,然后,从篱笆边向内窥探着。

"我们要走进去么？……如果我们不进，似乎不大好！"

会计员摇摇头；这两个老人深思的走过绿草地而去，离开了树篱后面的小屋。他们都张开了伞，这使他们活像两个退藏着的蘑菇。……

靠近古老的浴室，有一小群的农妇们和孩子们聚集着。他们靠近小窗站着，以大而恐怖的眼向内望着。……浴室的门上了锁，一个兵士在门前看守着……从窗中，一个人能够看见一位男人的两只腿伸在凳上。这两只腿，穿着新织的袜子，有点特别的长，他们吸引了，而且惊骇着那些探问的妇人孩子们。他们互相推挤而退，自己惊吓着，彼此互相微语道：

"是他的腿么？"

"不错，是他的。"

"请让开些！……你们已经看得够了！"

"他们还要审问么？"

"当然的……唉，上帝呀！"

这乃是尼古拉斯，他躺在板凳上，那么恬静的，仿佛他是一个倦极的人正睡着甜蜜的觉，不再挂心于活人的世界上说些什么，或做些什么，或想些什么……在地板上，靠近板凳旁边，放着一本日记簿和一朵已枯萎的紫罗兰。

十

他们在礼拜二葬了尼古拉斯。

整个小镇上的人们都随送他到葬地上去,还有礼拜堂的唱诗班。天气很好,光洁,无云,钟塔中的群钟在沉寂的晨间空气里忧戚的响着。唱诗班在歌唱着,当他们沉寂下来时,小鸟们便在篱后园林中歌唱着。棺上的布在群众头上飘拂过去,太阳光从光亮的棺盖上反射出光彩来。马里亚·底莫菲夫娜步履维艰的跟在棺后;在一边,她被警长所扶住,在别一边,扶住她的也是他的一个助手。她没有哭。她用她的沉浊的双眼,注定抬去的棺木上,她是咿唔着,不住摇头。会计员是和唱诗班同在着,他以一种破碎的半高音喊道:"啊,全能的上帝!"他不自知的以手指导着;他的脸是像煞有介事的,在他看来,仿佛重要的事并不是他们在埋葬尼古拉斯,而是唱诗班怎样的歌唱。不时的,他愤怒的回看着,向唱歌者们做出种种表示,但他们的眼光只注在他们自己的指导者,并不注意于这些表示。于是会计员耸耸肩,停止了歌唱……

所有一切镇中的重要人物,全都想和警长挤得愈近愈好,以愁戚的眼光望着马里亚·底莫菲夫娜和棺材。每个人都为尼古拉斯和这位老太婆伤心。

在坟场上,卡拉勤走向前来,低下他头发剪得很短的头,开始说出他的对于尼古拉斯的告别辞。这篇告别辞以这几句话开场:"不要为他哭得那么伤心,死得年轻不是不幸。"卡拉勤刚刚说完早死不是不幸,马里亚·底莫菲夫娜便开始哭泣起来,把她自己从教父和他的助手的手臂间挣扎出来。教父想要安慰这老妇人,他眼中挂着泪,倾身向着她,温和而忧戚的说道:

"你能怎么办呢?……你必须休息了……哭泣是一个罪过。一切事都在上帝手里。"

在她的别一边,那位助手也倾身向着她,微语道:

"我们全都要死去的,我们全都要。"

但马里亚·底莫菲夫娜并不听他们的话,她继续的在啜泣着,更高更高的,竟使得没有人能听清楚卡拉勤说的是什么,只见他在演说中,时而忧戚的摇动着头部。

"柯里亚,你做了什么事?"母亲啜泣道,当棺材悬在坟上,开始要消失在下面之时。

警长取出他的手巾来,开始极力的在击打他的鼻部。环坟地而站立的,个个人眼中都挂着泪。……鸟儿们在赤杨树的浓叶的枝头歌唱着,这些树枝正向坟穴往下窥望着,一堆堆的泥土,沉重的倾倒在棺盖上……当泥土覆盖了尼古拉斯时，每个人都悄悄的，深思的，从坟地走开了，那个地方不久便空无一人。只是鸟儿们和马里亚·底莫菲夫娜留在那儿。鸟儿们在歌唱着，这老太婆则坐在泥土上，头顶上覆以红的白的丁香花的树枝，以重浊的眼凝注在地上，叱责的微语道：

"唉，你们少年人……唉，你们少年人！"

林语

[波利西森林（Polyesie）中的传说]

————————————[俄] 克洛林科（Kololenko）

一

林木正在微语呢。

这座森林，常常的微语，漫长而且单调，如远钟之低鸣，如无字句之微弱的歌声，如往事之模糊的记忆。这座森林常常的微语，因为它是一座稠密的古松林，还没有被木材商人的斧锯所接触。高大的百年老树，它们强有力的红棕色的树干紧密地一行行的站着，很骄傲地把它们的绿色的交叉的树顶伸在上面。在它们底下的空气，宁静而充满着松香的香气；光亮的羊齿植物穿过覆被在地上的松毡而灿然开展它们的不动的松头叶。长而绿的草叶在潮湿地方长上来，白色的金花菜头也沉重的垂下来，好像是给微倦所制服。在头上呢，却也常常无休无息的响着森林的微音、古松的低叹声。

但是现在这些叹声渐渐的深沉，渐渐的响亮了。我骑着马沿着林中的一条路走，虽然看不见天，却能在黑暗稠密的树林底下，知道上面快要有暴风雨下来了。时候已经不早。

几线夕阳光仍旧在枝干中闪耀着,但是朦胧的黑影已经开始聚集在森林中了。夜间的雷雨正在酝酿着。我不得不弃了继续今天行程的一切念头,只想能于暴雨未下以前赶到一个寄宿的地方。我的马的蹄铁蹈在一条露在外面的树根上,它喷着气,耸着两耳,静听林中模糊压迫的回响。然后它随意地转步到一条它所熟悉的向着守林人的屋子走去的路上。

犬吠了起来。粉墙映耀在稀疏的树干中,一缕青烟,袅袅的在树枝底下盘旋着向上去,一所两边垂下来,屋顶破烂的茅舍站在我面前,覆被在红色的树干的墙底下。娇贵庄严的松树,高高的临在它的上面,点着头,它似乎要在地上沉没下去了。在空地的中间,立着两棵橡树,互相密接着。

这屋里住着守林人柴喀尔与马克辛,他们是我打猎时的永久的同伴。但是现在他们显然是不在家,因为大犬吠起来时,没有一个人从屋里走出来。只有他们的秃头、灰白胡子的老祖父,坐在门外板凳上,织着鞋子。这个老人的胡子快要扫着他的带子了;他的眼睛,已经蒙眬了,好像他正在要记忆一些事情而无效的样子。

"晚上好,爹爹? 有人在家么?"

"呵,呵,"摇着头,老人含糊的说,"柴喀尔和马克辛都不在家,连莫特魂亚也到林中去找牛去了。牛跑掉了,也许熊已经把它吃了,所以现在没有一个人在屋里。"

"唔,唔,不要紧。我同你坐在这里,等着他们。"

"好,坐下来等着!"老人点头,用蒙眬的满着眼水的眼睛,看我把马系在橡树的枝上。老人衰老得快极了。他近于盲了,他的手也颤抖不止。

当我坐在板凳上时,他问道:"你是谁呀,孩子?"

每次到这里来,我已听惯了这个问题了。

老人停了做鞋的工作,说道:"呵,呵,现在我知道,现在我知道。我的老朽的头脑,像一只筛箕一样;现在没有东西留在它里面了。我记得已经死了,许多年的人,唉,我记住他们非常的清楚。但是我却忘记了新的人。我住在这个世界上有许多时候了。"

"你住在这座森林中长久么,爹爹?"

"呵,呵,有许久的时候了!当法国人进入皇帝的国内时,我就住在这里了。"

"在你的时候,你,见了许多事。你一定有许多故事说给人听。"

老人很奇怪的看着我。

"我所见的是什么事呢,孩子?我见的是森林。森林尽日与夜的冬夏不休的微语着。我住在这座森林中,有一百年了，同那树木一样一点也不注意时间的过去。现在我必须去到我的坟墓中了，有的时候，我自己也不能告诉我究竟有活在这个世界上没有。呵，呵；是的，是的。也许，最后，我是完全没有活过。"

一角的黑云从稠密的树顶后移过到空地上面，站在空地旁边的松树，风一吹到，就摇动起来。森林的微语扩大而成宏大的反响的声音。老人抬头静听。

他停了一下，说道："雷雨快要来了。我知道。呵，呵！今天晚上雷雨要咆哮了，要打碎松树，把它们连根拔起。森林之神要出来了。"

"你怎么知道，爹爹？"

"呵，呵！我知道！我知道树木说的是什么话。树木知道什么是恐怖正同我们一样。有一种凤尾松，无价值的树木，常是被打碎成片片了。它就是没有风的时候也颤抖着。松树在林中唱歌，而且游戏，但是如果风一起来，就是极小，他们也要扬声呻吟。这还不算什么事。现在，静听！我眼睛虽然坏，耳朵还是能够听；那是橡树沙沙的响着。橡树在空地上触着风。雷雨快要来了。"

实在的，一对低矮多节的橡树站在空地中，被森林的高墙所保护的，现在正摇摆它们的强壮的树枝发出一种含糊的沙沙的响声，很容易与松树的清晰的响应之声分别。

老人孩子似的机灵的微笑了一下，问道："呵，呵！你听见了没有，孩子？当橡树像这样作响的时候，意思就是说神快要在夜间出来把它们打碎了。但是，不，他不打碎它们！橡树是强有力的树，就是神也觉得它太强壮了。是实在的！"

"什么神，爹爹？你自己说是雷雨要把它们打碎。"

老人点头，脸上现出机巧的样子。

"呵，呵！我知道！他们告诉我说，这些日子，有一班人在世界上，什么东西都不相信。是实在的！但是我看见过他，就同现在看见你一样清楚，或者还清楚些，因为我的两眼现在是老了，在那个时候，他们还是少年呢。唉，唉！我少年的时候，看东西多少清楚呀！"

"你在什么时候看见他，爹爹？请告诉我！"

"同现在一模一样的一个黄昏时候。松树开始在林中呻吟。起初它们唱着，后来它们叹气了：呜呜……呜的。过了一会，停止了，过了一会他们又开始更高声更悲惨的叫哮了。呵，呵！它们悲叹，因为它们知道神在那个晚上要打倒它们许多棵！然后橡树也开始说话了。近黄昏的时候，事情渐渐的更坏了，他在晚上盘旋的出来了。他跑过森林，笑着，嚷着，跳舞着，疾转着，常常突然飞在橡树上，想把它连根拔起。有一次在秋天的时候，我向窗外看，他不喜欢那样。他向窗口冲来，嘭嘭的一响，他用一条松节把窗户打破了。他几乎伤了我的脸，他的运气真坏！但是我不是呆子。我往后跳走了。呵，呵！孩子，他真是一个好捣乱的人！"

"但是他是什么样子的？"

"他看过去活像一棵生存在泥泽中的老柳树。真是像！他的头发像干枯的寄生树，他的胡子也是如此；但是他的鼻子却像一节肥大的松节，他的口非常缠曲，好像是满长着苔藓似的。啊，他是怎样难看呀！上帝可怜像他一样的基督教徒！是实在的！我有一次在一个沼泽上非常接近的看见他，如果你冬天到这里来，你就能自己看见他了。你必须向这个方向走去，上这个山——覆盖着树木的山——爬到最高的一棵树的顶上。他有时能够被人看见从那里经过树顶骑去，手里拿着白杆，疾疾的转动，等到把山峰转下山谷去。然后他跑去了，隐入林中不见了。呵，呵！他无论走到什么地方，都留下一个白雪的足印。如果你不相信老人，请你自己来看。"

老人喋喋的说下去：森林的焦急激昂的声音与迫切的雷雨似乎使他的老年的血液疾驰。老年的村夫笑起来，闪耀他的衰弱的眼光。

但是忽然有一重阴影飞过他的高而多皱纹的前额。他用肘触一触我，用神秘的神气向我说道：

"让我告诉你些事情，孩子。森林之神诚然是一个无价值、一无好处的人，这是真的。基督教徒看见像他一样的丑脸是很觉得厌恶的，但是让我告诉你他的实在情形：他永远没有对于什么人做什么坏事。他诚然同人家开些玩笑，至于伤害他们呢，他却是永远不做的！"

"但是你自己说过，爹爹，他想用一根松节来打你。"

"呵，呵！他想打！但是他那个时候正生气，因为我从窗口向他看；是的，实在的！但是如果你不去阻碍他的事情，他却永远不会同你开玩笑的。他就是如此了。人们在这座森林中做过的事比他更坏呢。呵，呵！他们实在是做过的。"

老人的头向前垂在胸前，坐在那里，沉默了好几分钟。然后向着我看，醒过来的记忆的一线光明似乎从遮蔽他的眼睛的薄膜中射出。

"我要告诉你，我们这座森林中的一件古事，孩子。它在许多年前就在这个地方发生。我常常记住它如在一个梦中一样。但是当森林开始更高声的谈话时，我却记住它很清楚。要我告诉你么?"

"是的,要,爹爹!告诉我吧!"

"很好,我告诉你;呵,呵!听!"

二

我父母死了,你知道,在许多年以前,当时我只是一个小孩子。他们把我一个人留在世上。这就是我所遇着的事,呵,呵,唔,村长看着我,想道:"我们要怎么样安置这个小孩子呢?"领地的主人也想到这件事。在那个时候,守林者拉马由森林中走出来,向村长说道:"把这个孩子给我吧,我把他带回屋里去。好好的看养他。他当我的森林中的同伴,受我的喂养。"他这样的说了,村长就回答道:"把他拿去吧!"于是他就把我拿去。我从那个时候起就住在这座森林中。

拉马在这个地方把我带大。上帝不许有什么人有同他一样可怕的样子!他的眼睛是黑的,他的头发是黑的,一个黑暗的灵魂也由他眼睛中向外看,因为他是终生一个人住在森林中的。有人说,熊是他的兄弟,狼是他的外甥。他认识所有的野兽,无论什么野兽他都不怕,但是他却离开人类,甚至于不看他们一看。他就是如此。这是非常真确的。当他向我看时，我觉得似乎是一只猫用它的尾巴轻打我的背。但是他终是一个好人，我一定要说，他养我很好。我们常有荞麦粥，带着油脂，也有鸭子，如果他偶然杀死了一只。是的，他养我很好！这是真的事，所以我必须说出。

我们两个人如此的住在一块。拉马每天都要到森林中去，把我锁在屋里，使野兽不能吃我。过了些时候，他们给他一个妻子，她的名字是亚克莎娜（Aksana）。

那位公爵，就是这位领地的地主，给他这个妻子。他叫拉马到村里去，对他说道：

"来，拉马，你必须娶亲。"

他说："我怎么能娶亲呢？我已经有了一个孩子在那里了，又要一个妻子在森林中，我要怎么办呢？我不想娶亲！"

他与女儿们不相习，就是这个缘故。但是公爵是狡猾的人。当我想起他时，孩子，我就自己想说："现在没有一个人同他一样了，他们都去了。就用你做一个比例吧。他们说你也是一个公爵的儿子。这也许是真的，但你却没有那种——实在的事，在你身上。你是一个可怜爱的孩子，你就是如此了。"

但是他却是一个真的那种人，同通常的他们一样。一百人在一个人面前会战栗恐怖起来，这种事你也许以为是很可笑的,但是看看鹰与小鸡,孩子!它们同由蛋中孵化出来,但是鹰的翼膀一强壮,它就想翱翔了。当它在天空啸呼时,不独小鸡跑避,就是老鸡也要跑避呢!贵族是一只鹰,农民就是一只鸡。

我记得小孩子的时候看见有三十个农民拖着重木从林中出来,公爵一个人骑在马上走来,拂动他的胡子,他座下的马腾跳而前,他却左右观看。唉,唉!当众农民遇见公爵时,他们避开道,把他们的马驱到旁边雪地上去,他们脱下帽来!公爵疾驰而去的时候,他们还有辛苦的工作在后,他们还要把木头由雪地上拖出来,带回原路上去呢。在他看来,这条路给农民们走自然是太狭隘了!无论什么时候,公爵的睫毛只要动一动,农民们就要战栗起来。他一笑,他们也就笑;他一怒,他们就要哭了。永远没有人反对过公爵,这是永远不会有的。

但是拉马是生长在森林中,不懂得世界上的事理的,所以公爵当他拒绝了那个女儿的时候,也不十分生气。

公爵说道:"我要你娶亲。为什么我要做这个事,那是我的事。娶亚克莎娜去吧!"

"我不要,"拉马说,"我不要她。让魔鬼娶她去,我不要!现在!"

公爵叫拿一条鞭来。他们就把拉马按下,公爵问他道:

"你不娶亲么,拉马?"

"不,"他回答道,"我不娶。"

"那么,鞭他的背,"公爵命令说,"尽力的鞭打。"

他们尽力的把鞭打在他身上。拉马是一个强壮的人,但是最后他终于疲倦了。

"好了,停着吧!"他叫道,"够了,够了。地狱里的魔鬼娶她去吧!我不能为什么女人忍受这种鞭挞!把她给我吧,我要娶她了!"

有一个猎人住在公爵的堡中,名字叫做奥泊那(Opanas)。奥泊那从田野中骑马回来的时候,正当他们在劝告拉马娶亲。他听见拉马的苦恼,就跪下在公爵的足边。他跪下与公爵的足接吻。

他问道:"鞭挞这种人有什么用处呢,慈善的主人?最好让我自愿的娶亚克莎娜吧。"

呵,呵!他想自己娶她。那就是他所想的,是的,实在的。

于是拉马喜欢了,又渐渐的快活起来了。他站了起来,绑好裤子,说道:

"那好极了!"他说道。"但是你为什么早不来一刻呢?

公爵也是——总是这样！最初就找出来喜欢娶她的人不是更好么？不这样做，却要抓到头一个走来的人，开始鞭打他！你以为这是基督教义么？"他问道，"吁！"

呵，呵，他对于公爵一点也没有怜悯之情，拉马就是这一种人。当他发怒的时候，最稳当的是离开他，就是公爵也要如此。但是公爵却是一个狡猾的人！你看他以后的事。他命令把拉马绑起来，扔在外边草地上。

他嚷道："我是要你快乐，愚人！你却转你的鼻头向我！你现在是一个人住着，像一只熊住在地洞里一样；当我来看你的时候，觉得沉闷，鞭打这个愚人等到他说好了！至于你奥泊那呢，到魔鬼那里去吧！你不要想参与这个会。"他说："所以你不要坐在桌上，除了你愿意得像拉马一样的宴饮。"

但是拉马的怒气这个时候正不能控制，呵，呵，他们好好的鞭打他，你知道，人在这个时代，能够用鞭把一个人的皮肤很好看的取下来，但是他却宁静的躺着，永远不说好了！他忍了多少时候，但是终于唾出痰来，说道：

"为一个妇人之故打一个基督教徒到这个地步，打了不可计数的鞭子，这是不正当的！好了！你们的手也会皱掉死掉的么，你们可恶的仆人！魔鬼他自己一定教你们用这个鞭。你们不是以我为在打谷场上的一束稻草，所以这样的打我么？如果你们的意思是如此，那么我就去娶亲罢。"

于是公爵笑了。

他叫道："那好极了！你在行婚礼的时候虽不能坐下，你可以很活泼的跳舞呀。"

公爵是一个快活的人，诚然他是，呵，呵！虽然后来他遇着了一件事，上帝永远不许无论哪一个基督教徒会遇着与此相类的事！我不愿意什么人遇着它，就是愿意犹太人遇着它也是不正当的。这就是我所想的。

唔，他们使拉马结婚了。他带他的年轻的妻子到这个屋里来，起初他除了记起他的鞭打，而叱骂她、责罚她以外，不做什么事。

他常说："你是不值得使人受鞭挞的！"

当他一由森林中回家的时候，他就赶她出屋，嚷道：

"去吧，你！我不要一个女人在我屋里！不要让我再在这个地方看见你！我不喜欢有一个女人睡在这里。我不爱那种气味。"

呵，呵！

但后来他终于同她相习了。亚克莎娜把草屋扫除过，把它饰得好看而且干净，把瓷器洗涤过，到了后来，一切东西都非常光亮，人家一看它，心里就觉得快活。拉马知道了她是什么样的妇人，渐渐的就和她相习了。是的，他不仅与她相习，孩子，并且开始爱她了。是的，实在的，我告诉你实在情形。这就是拉马所遇着的事。当他找出妇人究竟是怎么样的人，他就说道：

"谢谢公爵，我知道什么是好的东西了。我真是笨！我受了多少鞭挞，到现在才知道这究竟不是很坏的事，并且还是好的事呢。那是真的！"

过了些时候，我不能确知是多少时候。然后，有一天，亚克莎娜躺在床上呻吟。傍晚的时候，她病了，当我早晨起来的时候，我听见一种尖弱的哭声。呵，呵，我自己想着，我知道什么事情发生了，一个孩子生出来了！那是真的。

这个孩子在世上住了不久，只是从早晨到晚上。傍晚的时候，他的哭声停止了。亚克莎娜哭了，但是拉马说道：

"孩子已经死了，所以现在我们也不必找牧师了。我们自己把他葬在一棵松树底下吧。"

拉马这样的说了。他不仅这样说，他并且这样做。他在树下掘了一个小坟，把小孩葬了。到现在这棵松树的老干还立在那里。它曾给电打碎过。是的，那就是拉马葬孩子的同一棵松树。我告诉你些事情，孩子；到现在的时候，当太阳下去，星光照到森林上的时候，有一只小鸟出来，飞到那棵树上，叫着。他叫得这样凄惨，可怜的小鸟，真令人闻之伤心。这就是那个未受洗礼的小灵魂哭着求十字架呢。一个读书的人，他们说，是由书中知道一切事情的，能够给它一个十字架，然后它才不会再飞来飞去了。但是我们住在这里森林中，不知道什么事情。它飞来要求帮助，我们所能说的只是："你可怜，可怜的小灵魂，我们不能为你做什么事情！"那么，它就叫起来，飞去了，第二天它又飞回来了。唉，孩子，我真替这个小灵魂忧愁！

唔，当亚克莎娜病好了以后，她常常到坟上去。她常是坐在坟上哭起来；有的时候她的哭声极高，至于全森林中，都可以听得见她的声音。她是悲伤她的孩子，但是拉马却不悲伤孩子，他只是悲伤她，他常是由林中走了回来，站在亚克莎娜旁边，说道：

"静些，小妇人！哭些什么呢？一个孩子死了，还可以有别个呀。也许是一个更好的！因为这个孩子也许不是我的，我不知道他究竟是不是，但是第二个必定是我的！"

亚克莎娜不喜欢他这样说。她停着哭，开始用恶言骂他。于是拉马生气了。

他问道："你为什么嚷？我并没有说那一类的话。我不过说我不知道。我所以不知道的原因就是因为那个时候你是住在世界上人类当中，不是住在森林里。所以我怎么能够确定呢？现在你是住在森林中；现在是对的了。当我到村里她那里去的时候，老祖母菲奥杜西（Feodosia）说道：'你的孩子来得非常快，拉马。'我对这个老妇人说道：'我怎么知道他来得快不快呢？'但是来，现在，不要嚷了，不然，我要生气了，也许就要打你。"

唔，亚克莎娜向他嚷了一会，就停止了。她赶他，打他的背，但当拉马开始自己生气的时候，她却渐渐的安静了。她害怕了。她于是抱着他，与他接吻，看着他的眼睛。于是我的拉马也渐渐的安静了。因为，你晓得，孩子——但是你应该不晓得，虽然我晓得，我虽然没有结过婚，因为我是老人——我晓得一个少年的妇人的接吻是这样的温柔，她能够任意的把无论什么男子绕在指头上，不管他是怎样生气。呵，呵，我知道这些妇人是什么！亚克莎娜是一个雅淡的小东西，人在现在的时候，不能看见像她一样的女人了。我告诉你，孩子，女人不是像她们表面一样的。

唔，有一天，角声在森林中吹起来：嗒啦嗒啦——嗒——嗒！它这样在林中响应起来，清晰而且好听。我那个时候还是一个小孩子，不知道它是什么东西。我看见鸟从它们的巢里鼓翼飞起来，我看见野兔由地上跑过，它们的耳朵向着后面，尽力的飞快的跑。我想这也许是什么不相识的野兽吼叫的喧声吧。但这却不是野兽，是公爵坐在马上，吹着号角，由林中疾驰而过。在他后面跟着他的猎夫，手里牵住系在皮带上的猎犬。所有猎夫中最好看的是奥泊那，他穿着哥萨克的长蓝袍，骑着马在公爵身边盘旋着。奥泊那的帽子凿着金冕，他的马在他座下腾跃，他的猎枪在他背后闪闪发光，他的乐器用皮带横挂在肩头上。公爵喜欢奥泊那，因为他弄得好乐器，并且是唱歌的能手。啊，奥泊那这个孩子真是好看，非常的好看！公爵不过没有同奥泊那比较。因公爵是秃顶的，鼻子是红的，他的眼睛虽然是快乐的，却不像奥泊那一样！奥泊那向我看——向我，一个无足轻重的人——我禁不住笑起来，而我却不是一个少女！有人说奥泊那的父亲是一个从台尼浦前来的哥萨克；在那个地方，每个人都是美貌、活泼、而且润泽。想一想，孩子，两个飞过平原的人的分别好像一只鸟同一匹马与一支枪，一段木头同一把斧头一样！

唔，我跑出茅屋外边看，公爵从那边来，在屋子前面停住了，猎夫也停止了。拉马由茅屋中跑出来，扣住公爵的马鞍，公爵从马上下来。拉马向他行礼。

"好呀，你！"公爵向拉马说道。

"呵，呵，"拉马回答道，"我很好，谢谢，你好呀？"

你看，拉马不知道他对于公爵应该怎么的回答。侍从的人听见他的话，统都笑了，公爵也笑了。

公爵说道："我很喜欢见你好。你的妻子在哪里呢？"

"我妻子会在哪里？我妻子在屋里呢。"

"那么，我们进屋去吧，"公爵说，"同时，把火点起来，孩子们，预备些东西吃，因为我们是来庆贺这一双少年夫妇的。"

于是他们走进屋去；公爵、奥泊那、拉马光着头，同着蒲格定最老的猎夫，公爵的忠仆。在现在的世界上没有一个仆人像他一样了。

蒲格定年纪老了，管束别的仆人非常严厉，但在公爵面前，他却同那里的一只狗一样。蒲格定除了公爵以外，世界上没有一个人在心里。有人说当蒲格定的父母死了以后，他向老公爵请求一间屋子、一块地，因为他要娶亲。但公爵不准他。他叫他做少公爵的仆人，说道："那就是你的父亲，母亲与妻子！"于是蒲格定带着这个孩子，教他骑马打枪。少公爵大了，管理他父亲的财产，老蒲格定仍旧跟着他像一一只狗一样。

呵，我告诉你实在情形。许多人恨恶蒲格定，许多眼泪为他而流,所有的事都是因为公爵,只要从公爵处得了一句话,蒲格定能够把他自己的父亲裂为片片。

唔,我是一个小孩子,我跟着公爵后边跑进屋里去。我好奇,要看有什么事情发生。他到什么地方,我也到什么地方。

唔,我站在屋子中间看,看见公爵抚着胡子笑着。拉马两只脚交换的站着,把帽子拿在手里,奥泊那靠着墙站着,可怜的人,看过去像一棵在暴风雨中的小橡树一样。他皱着眉毛,忧愁着。

三个人的脸全向着亚克莎娜。只有老蒲格定坐在屋角板凳上,头低发垂下来,等着公爵给他命令。亚克莎娜站在屋角火炉旁边,眼睛望着地板,脸红得像麦酒瓶中的泡沫一样。呵,这是显然的,那个少妇觉得为着她,要有什么坏事发生了。让我告诉你些事情,孩子:如果三个人站在那里向着一个妇人看,永远不会有什么好事发生的。如果没有什么更坏的事,头发一定要飞起来了。我知道这个事,因为我自己看见过这件事的发生。

"现在怎么样,拉马,孩子?"公爵笑道,"我是不是给你一个好媳妇?"

"不坏,"拉马说,"这个妇人不坏。"

奥泊那耸着肩,抬眼看着亚克莎娜,含糊的说道:

"她是怎么样一个妇人!只要那个鹅不得着她!"

拉马听见了他的话,向奥泊那说道:

"我为什么在你看来是一只鹅呢,奥泊那先生?呵,呵!告诉我!"

"因为你不知道怎么样保护你的妻子,这就是以你为鹅的原因了。"

这就是奥泊那对他说的话呀!公爵顿足。蒲格定摇头,但拉马却想了一会,然后抬头看着公爵。

"为什么我不能保护她?"他质问奥泊那道,但他的眼睛却注在公爵身上,"除了野兽以外,这座森林中没有一个人,除非我们慈善的公爵来到这里。从什么人那里,我要保护着她呢?看出来,你庶出的哥萨克,你不要激怒我,不然,在你知道他以前,我要抓你额发了。"

如果不是公爵出来干涉,这件事情似乎要以争斗结局了,他顿足,所有的人都沉静了。

"在这里和平些,你魔鬼的儿子,"他说,"你到这里来不是为争斗。先庆贺这个少年人,然后在黄昏的时候,我们到边界去打猎。这里,跟着我!"

公爵移转他的足跟,离了茅屋,仆役们已经在树底下摆好了饭菜。蒲格定跟着公爵,但是奥泊那却同拉马逗留在门口。

这个哥萨克说道:"不要同我生气,兄弟。听着奥泊那告诉你的话。你不看见我怎样滚在公爵足旁的尘土上,与他的足接吻,要求他把亚克莎娜给我么?唔,上帝祝福你,人呀!牧师把你缚起来了;这是你的运气,我知道,但是我的心却不能忍受看这个恶人再同你与她开玩笑。呵,呵,没有人知道我心里想些什么!如果我能以我的枪的帮助,使他躺在冷地上当床,那多么好呀!"

拉马注视这个哥萨克,问道:

"你这个时候,心神错乱了么,哥萨克?"

我听不见奥泊那在门口微声回答拉马的话,我只听见拉马拍他的背。

"唉,奥泊那,奥泊那!这个世界上的人是怎样的狡恶呀!我住在森林中,这种事情一点也不知道。唉,唉,公爵,公爵,你脑袋中带来什么罪恶呀!"

"来!"奥泊那对他说,"现在走,不要露出什么神气,尤其在蒲格定面前。你是一个直爽的人,公爵的那个猎犬是很奸猾的。你必须不多饮公爵的酒;如果他使你同猎夫们到边界去,而他自己留在后边,那么,就把他们带在一条圆绕的路上，告诉他们说你要一直的穿过森林走去。然后你回到这里来，尽你的力量快快的回来。"

拉马说道："好。这是我要从事的围猎，虽然我的枪不载着打小鸟的鸟弹，却载着猎熊的好的大弹。"

于是他们走出去。公爵坐在铺在地上的一块毯上。他叫拿一坛酒同一个酒杯来，倒满了一杯酒，拿给拉马。呵，呵，公爵的酒坛同酒杯真好，他的酒更是好。喝了一小杯，你心里一定觉得充满快乐；第二杯，你胸中要跳跃了；如果不会喝酒的人，第三杯以后，如没有一个妇人在那里扶他躺着上面，他就要转到椅子底下去了。

呵，呵，我告诉你，公爵是个聪明人。他要使拉马喝他的酒，但是没有一种酒在世界上是能使拉马喝醉的。他从公爵手里干了一杯，然后又是一杯，又是一杯，到了他的眼睛如狐狸一样的闪耀，他的黑胡子绕乱了。公爵终于生气了。

"魔鬼之子真是强项，舐干了酒，眼睛也永远不瞬一瞬！别的人现在已经是哭起来了，但看他，孩子们，他还笑着呢！"

恶公爵很知道一个人如果中了酒，他的头顶发就要拖在桌上。但是这个时候，他把他的人看错了。

"我为什么哭呢？"拉马回问道，"那是鲁莽的事。仁慈的公爵来到我这里庆贺我的结婚,我却号哭如妇人么!谢谢上帝,我现在还没有要哭的事;让我的仇敌哭去吧!"

公爵问道:"意思是说你是心里满足么?"

"呵,呵!我为什么不满足呢?"

"你记得我怎样以鞭子的帮助,来使你结婚么?"

"我怎么记不住?我那个时候是一个愚夫,不知道分别甘苦。鞭挞是苦的,但我却爱它甚于一个妇人。谢谢你,仁爱的公爵,这个愚人已经知道吃蜜了。"

公爵说道:"对的,对的。现在我要求你给我一个好的酬报。同着我的猎夫们到边界去,尽你的力量去弹鸟,尤其我要你做的事,是给我一只黑鸟。"

拉马问道:"公爵要在什么时候叫我们到边界去呢?"

"当你再喝了一杯酒,奥泊那为我们唱一首歌,然后以上帝的名字,走去。"

拉马定睛看着公爵,说道:

"那不是容易的事。时候已经晚了,边界又离得很远,并且,森林在风中呜呜的响,今天晚上,要有雷雨。一个人怎么能够在这种晚上弹死一个胆小的鸟儿呢?"

但是公爵是喝了酒的,他喝了酒以后,脾气是非常坏的,他听见他的仆从互相耳语道:"拉马的话非常对,快要有雷雨了。"他非常生气,把他的酒杯猛掼下来,眼光闪闪的四面看。每个人都不响了。

只有奥泊那不害怕;当公爵叫他弹琴唱歌的时候,他走了出来。他把琴调好,斜眼看着公爵说道:

"恢复你的意识吧,慈爱的公爵!在什么时候有人知道在晚上暴风雨之中,黑漆漆的森林里能够出去打鸟么?"

他是怎样勇敢呀!公爵的其余的仆人诚然都害怕了,但他却是哥萨克产的一个自由人。一个老年的哥萨克琴师从乌克兰(Nkraine)带他来,当做儿子。孩子,在乌麦(Uman)的镇上,闹了一回乱子。他们把这个老哥萨克的眼挖出,把他的耳朵割去,就这样的把他赶到世界中去。他如此的走来走去,以奥泊那这个小孩为他的指导,从这个村到那个镇,后来漂流到我们的乡里。老公爵把他带进他的屋里,因为他爱听美丽的歌声。所以当这个老人死了以后,奥泊那就在堡中生长。少公爵很喜欢他,常常忍受他的说话,这种话如果是别人说的,他早已把这个人背上的皮剥去三层了。

现在也是如此。他始初生气了,大家都想他要打这个哥萨克,但是他却向奥泊那说道:

"呵,奥泊那,奥泊那!你是一个聪明的孩子,但是这是显然的,你不知道,没有一个人肯把他的鼻子摆在打碎的门上,因为恐怕有人要碰着它。"

这就是他怎样猜忖这个哥萨克的谜!这个哥萨克立刻知道他猜中了。他在歌中答复公爵。呵,如果公爵能够懂得哥萨克的歌,那个晚上他的公爵夫人就不会把眼泪流在他身上了。奥泊那说道:"谢谢你,公爵,为你的智慧。现在我唱歌做酬报。听呀!"

于是他抬头看着天空;他看见一只鹰在那里翱翔,风推送着黑云。他静听着,听见长大的松树在微语。

他再弹他的琴弦。

呵,孩子,你永远没有机会听一听奥泊那的弹琴,现在你永远不能听见它了!哥萨克琴是一个简单的乐具,但是,呵,一个懂得它的人能够使它说得多好听的话呀!当奥泊那把他的手经过琴弦时,它告诉他一切的事:怎样那座黑暗的松林在大风雨中唱歌;怎么风在荒芜的草原上的苇叶中沙沙作响;怎么干枯的草在一个哥萨克的高坟上微语。

不,孩子,你在现在不能听到像这样的琴声了!

现在各种的人都到这里来,不仅是在我们的波里西,并且也在别的国家:如乌克兰的全部,在齐里金(Chirigin)与波尔塔瓦(Poltava)与基辅(Kiev)。他们说这种琴的奏者在现在是过时了,你永不能再在市场上听见它们了。我仍旧有一架这样的老琴挂在茅屋里的墙上。奥泊那教我弹它,但却没有人从我那里学得弹它。当我死了——这是很快的事——以后,我知道也许在这个茫茫的世界上将永远没有人再得听见这种琴声了,没有,实在的!

于是奥泊那开始低声的唱一个歌。奥泊那的声音不高;深思而忧闷,直刺入人的心中,这个歌,孩子,是哥萨克他自己专为公爵做的。我永没有听见过它第二回。后来,我常常恳求奥泊那唱它,他总是不答应。

他说道:"这个歌为它而唱的人是不复在这个世界上的了。"

萨克哥在这个歌中,告诉公爵一切的实在的事情,告诉公爵,他的命运要如何,公爵哭了;甚至眼泪滴下在他的胡子上,然而这却是显然的,他不懂得一个字。

呵,我不能记住那个歌;我只能记住几句。这个哥萨克唱公爵依凡(Ivan)的事:

唉,依凡呀!唉,公爵呀!
公爵是聪明的,知道许多东西,
他知道鹰在空中翱翔,攫捕乌鸦。

唉，依凡呀！唉，公爵呀！
但是公爵不知道，
在这个世界上，
乌鸦也终于要杀死那个鹰在它的巢里。

喂，孩子！我在现在似乎再听见那个歌声，再看见那些个人。哥萨克拿着琴立着；公爵坐在地毯上；他的头垂着，正哭着。公爵的仆人四面围着他，用肘互相轻触，老蒲格定摇他的头。林木微语着，正同现在它在微语一样，琴声柔和的，如梦的奏着，哥萨克唱到公爵夫人怎样在公爵依凡的坟上哭：

她哭着，公爵夫人哭着，
在公爵依凡的坟上，有一只乌鸦飞着。

唉，公爵不懂那个歌。他拭抹他的眼睛，说道：

"现在来，拉马！来，孩子们，骑上马吧！你呢，奥泊那，也一同骑马去；我听够你的歌声了！那是一首好歌，只是你所唱的事，在这个世界上是永远不会发生的。"

但是哥萨克的心肠被他的歌声柔化了。他的眼睛湿着。

"唉，公爵，公爵，"奥泊那说道，"在我乡里，老年人说道故事与歌谣是含有至理的。但在故事里，至理如铁一样，经过世界许多年，由这个手到那个手，渐渐的长锈了。但在歌谣里的至理却同金子一样，永远不会生锈。这就是老年人说的话！"

但是公爵摇他的手：

"也许在你乡里是如此，但在这里却不是如此。去，去，奥泊那；我倦于听你的话了。"

哥萨克沉静的站在那里一会儿，然后跪倒在公爵足边。

他叫道："我请求你，公爵！骑上你的马，驰回家到你的公爵夫人那边去！我心里预言恶兆。"

公爵现在十分生气了。他用靴把哥萨克踢一边去，好像他是一只狗一样。

他嚷道："走出我视线外！现在我看出你不是一个哥萨克，却是一个老妇人！离开我，不然，有坏事要来了！你们等些什么，猎夫们？我已经不是你们的主人么？这里来，我要给你们些我父母所没有给你的父亲们看的东西！"

奥泊那像一堆黑雨云似的站了起来，与拉马交换视线。拉马站在一旁，靠在他的枪上，如没有什么事发生过一样。

哥萨克把他的琴向一棵树掷去；琴碎成片片，它的碎声回应到林中去。

他叫道:"那么,很好!让第二世界上的魔鬼来教训这个不听聪明的忠告的人!我看,公爵,你不需要一个忠心的仆人!"

在公爵没有答话以前,奥泊那跳上他的马鞍,疾驰而去。别的仆从也都上马。拉马掮起枪来,走去;当他经过茅屋时,他向亚克莎娜唤道:

"安置孩子去睡觉吧;是时候了。预备一个床给公爵!"

他们不一刻都由那条路驰向林中去,公爵走进茅屋;只有公爵的马留在外边,系在一棵树上。夜幕已经下来了;森林中响着微语之声,雨也掉下几点来,正同现在一样。亚克莎娜把我睡在草席中,在我身上,画夜间的十字架。我能听见我的亚克莎娜的哭声。

唉,像我这么小的一个小孩子,怎么知道所发生的一切事情呢?我藏我自己在干草中,躺着听雷雨在林中唱它的歌,后来,我睡着了。

呵,呵,我忽然听见茅屋外边有人走路的声音。他们到了树边,有一个人把公爵的马解下来。马喷着气,足踢了几下,就飞快的跑入森林中去了。它的蹄声不久就在远处寂灭了。但是不久,我就听见马跑的声音了;有人由路上走来。

这个人匆匆的走来，跳下鞍，猛推着茅屋的窗户。

"公爵！公爵！"老蒲格定的声音叫道，"唉，公爵！快一点开门！哥萨克的鬼要来谋害了！他把你的马放到森林里去了！"

在这个老人有时间把他的话讲完以前，他被后面的人捉着了。我害怕起来，因为我听见有一个东西倒了。

公爵破开门，跳出去，手里拿着枪，但是拉马在门口正抓住他的头顶发，同他抓别人一样，并且也照样的把他掼在地上。

公爵觉得事情有些危险，他遂叫道：

"呵，让我走吧，拉马，孩子！你忘记了我施给你的恩典么？"

拉马回道：

"我记住，恶公爵，你所赐给我与我妻子的恩典。现在我要报答你了。"

但是公爵又叫道：

"帮助我，帮助我，奥泊那，我的忠仆！我爱你如同我自己的儿子一样！"

但是奥泊那回答道：

"你赶开你的忠仆像一只狗一样，你爱我如一根棒子爱它所打的背脊一样,现在你爱我正像背脊爱打它的棒子一样!我哀求你听我的话。你不听!"

于是公爵叫唤亚克莎娜,求她帮助。

"为我和解一下,亚克莎娜;你有一副好心肠!"

亚克莎娜绞扭着双手,跑出来。

"我跪下去求你,公爵,在你足边,有一回求你免了我的职役,今天晚上,我求你不要污辱我,一个已嫁的妇人。你都不肯放了我,现在你自己却要求人哀悯了。唉,不要向我求;我能做什么事呢?"

"让我去吧!"公爵再叫道,"因为我的缘故,你们都要到西伯利亚去了!"

奥泊那回答道:"请不必为我们忧愁,公爵。在你的人回来以前,拉马要在边界上走出,至于我呢,我在世上是一个人,谢谢你的仁爱。我不替我自己发愁。我要掮起我的枪,向森林中去。我要召集一队壮儿,我们要在乡中呼啸,晚上从森林中出来到大道上去。我们到了一个村落,我们要一直跑到公爵的屋子里去。进行,拉马,孩子,把公爵拿起,让我们把他的荣誉带到雨中去。"

于是公爵开始嚷叫,想要摆脱,但拉马却只是低声的咆哮,奥泊那笑着。于是他们都出去了。

但是我害怕了。我奔进屋里，一直向亚克莎娜跑去。我的亚克莎娜坐在板凳上，脸色同墙一样白。

在这个时候，大雨在森林倾盆而下，松树用许多声音嚷叫，风呼呼的啸号着，时时的，雷声轰然，把空气劈裂。亚克莎娜同我坐在一张板凳上，我一刻刻听见有人在森林中呻吟，唉，他呻吟得这样凄惨，在现在我想起来，我的心还是要沉重的，然而这已是许多年以前的事了。

我问道："亚克莎娜，亲爱的亚克莎娜，什么人在林中呻吟？"

但是她把我抱在她臂里，摇着我，说道：

"去睡吧，小孩子，没有什么事！这不过是——森林的微语。"

森林实在是在那里微语呀！唉！它那天晚上谈得那样高声呀！

我们坐在一块过了一会儿，我听见，我想是森林中枪声响了一下。

"亚克莎娜，"我问道，"亲爱的亚克莎娜，什么人在那里放枪？"

但是她只是摇着我，回答道：

"静些，静些，小孩子；那是上帝的雷火劈打在森林上。"

但是她自己哭起来了,她紧紧的把我抱在胸前。她摇我睡觉,柔声的,反复的说:

"林木在微语;林木在微语,小孩子。"

于是我躺在她臂上睡去了。

当早晨来了的时候,孩子,我跳了起来,太阳亮着,亚克莎娜穿着全副衣裳,坐在屋里。我记起昨天晚上所发生的事,想道:"都是一场梦!"

但是不是一场梦呀!唉,不,不是一场梦;这是实在的事。我由屋里跑进林中。鸟唱着歌,露华在草上闪耀着。我跑进丛林中,在那里,我看见公爵与那个猎夫并排的躺着。公爵平和而且白色,但是猎夫却是灰白得像一只鸽子,如他生前一样的严厉。在公爵与猎夫的胸前都是血迹留着。

"是的,其余的人怎么样呢?"我问道,看见老人低下头来,沉默着。

"呵,呵!奥泊那,那个哥萨克,所常常告诉我的话止于此了。他住在森林中很久带着壮儿,在大道上,贵族的领土上呼啸。他的运命在他出世时就写定了;他的祖先是做强盗的,他也做了强盗了。他来到这间屋里不止一次了,孩子,拉马不在家时,他来得尤常。他来了,坐了一会,弹着琴,唱一会歌。但当他同他的伙伴同来时,亚克莎娜与拉马常常一块儿在这里欢迎他。呵,告诉你实在的话,孩子,犯罪的行为曾在这里做了。马克辛和柴喀尔不久就要从森林中回来了——详细的看着他们。我没有向他们说过一句关于这事的话,但是凡是认识拉马与奥泊那的人一看就可以指出哪一个孩子是像他们中的哪一个人了,虽然他们是这些人的孙子,不是儿子。这就是在我记忆中的,孩子,这些人在这座森林中所做的事了。

"今天晚上林木的语声很高。要有雨来了。"

三

老人讲到末了时,他似乎疲倦了。他的热忱死去了,他的舌头木强了,他的头摇着,他的眼睛充满着泪珠。

夜已降下来了;森林笼罩在黑暗中。风如一阵阵涨起来的潮水一样,轰然打着茅屋。黑暗的树顶起伏着,如在狂风中的浪花一样。

不久,一阵快乐的吠声,声明群犬与他们的主人的走来。两个守林人很快的跨步向茅屋走来,在他们后边,莫特丽亚喘息的跟着,牵着失去的牛。我们的伴侣现在完全了。

几分钟后,我们已坐在屋里。快活的火花在火炉中爆跳,莫特丽亚正在预备我们的晚饭。

虽然我在以前看见柴喀尔与马克辛许多回了,现在注视着他们殊有特别兴趣。柴喀尔的脸色是黑的。他的睫毛从直线的低的前额底下长出来,他的眼睛是忧郁的,而一种自然的和蔼与先天的强健也可以在他身体上看出。马克辛的视线是天真的,他的灰色的眼睛是慈爱的;时时掠发使成弯形,他的笑声更特别响朗愉快。

"老人告诉你些什么事情呢?"马克辛问道,"是那个关于我们祖父的老故事么?"

"是的。"我答道。

"他现在常常如此!当林木高声说话时,他常常记起往事来。现在他要全个晚上不能睡着了。"

莫特丽亚倒出老人的茶,插上一句话道:"他像一个小孩子。"

老人似乎不知道大家是谈论他。他已经完全衰老了,时时的空笑,时时的点头。只有暴风雨在森林中狂吹,震撼茅屋的时候,他才好像有了活气;于是他引耳听着喧声,静静的听着,脸上现出害怕的样子。

屋里又完全寂静了。烛光朦胧的亮着,蟋蟀唧唧的唱他的单调的歌。在森林中,千百有力而含糊的声音在那里聚语,在夜间厉声的互相呼唤。各种恐怖的威权正在外面黑暗中开一个喧哗的密会。时时的猛烈的雷声,隆隆而起,爆裂了,茅屋的门震动着,好像有人在外边摇撼他,怒声的叱责似的,同时,夜间的暴风雨吹悲惨摧人心肠的音调入于烟突里。有时,风雨的怒气减少了,一个预兆的静默要掉下来,压迫人心;但不久,雷声又隆隆而起了,似乎古松想着要突然的从根里把它们自己拔起,在狂风的臂里,飞到一个未知之国去似的。

我有一会,失了我自己,在一个混乱的微睡中,但是却不能长久。狂风用了各种声调在森林咆哮。烛光摇动着,把茅屋亮了起来。老人坐在他的板凳上,用手臂在他身旁摸索着,好像他想找寻靠近在他身旁的人似的。一种恐怖的、小孩的不快乐的神气表现在这位可怜的老人的脸上。

"亚克莎娜!"我听见他悲惨的微语着,"亲爱的亚克莎娜,什么人在森林中呻吟呀?"

他的手热烈的颤动着,似乎要静听一个回答。

"呵,呵,"他又说道,"没有人呻吟着;是森林中暴风雨的喧声。就是这样;是森林的微语,微语——"

几分钟过去了。青色的电光一秒两秒钟就射进窗中一次,松树的长而空幻的形状由黑暗中现出,又泯灭于暴风雨的愤怒的心中。突然明亮的光把烛光的灰白焰变成暗淡了，一阵尖削的、就在近旁的霹雳声爆裂在森林上面。

老人在他的板凳上又很激动的移动起来。

"亚克莎娜，亲爱的亚克莎娜，什么人在那里放枪呀？"

"去睡吧，祖父，去睡吧，"我听见莫特丽亚的沉静的声音由火炉旁回答出来，"常是这样。每逢晚上有风雨，他总常常的唤着亚克莎娜。他忘了亚克莎娜死了很久了。唉——唉！"

莫特丽亚打了一个呵欠，微声祈祷了一下，沉默又堕在屋里了，只有林中喧声与老人的热烈的微语破空而起：

"林木在微语呢，林木在微语呢——亲爱的亚克莎娜——"

大雨又倾盆而下，同着它的汪汪的流下的水流，松树的呻吟声也汪汪的流下来。

你是谁

———————— [俄] 梭罗古勃（F. Sologub）

一

一年跟着一年，许多世纪过去了，人类总是不能够发现世界的秘密与他自己灵魂的大秘密。

人类寻求着，质问着，但是不能得到一个答案。聪明的人也同孩子们一样；他们不知道。还有一班人，他们简直连问也不问这个问题：

"我是谁？"

五月将尽的时候，在大城市里，天气已是很热了。小街上空气热而窒闷，天井里是更坏。五层楼的石盖的屋子，围在天井四面的。他们的棕红色的铁梁，热得烫人，天井上铺的龌龊的石子的路，也是这样。一所新屋建筑在天井的一边，也同别的神气很足而难看的许多房屋一样，一所近代式的建筑，带着不好看的前部。从这所新屋里发出柠檬的强烈香味和干燥的灰尘。

几个小孩子在天井里跑着，叫喊并且争论。他们都是看门的、仆人的，及其他屋子里的卑下的住民的儿子。十二岁大的小格里加是十七号屋里厨娘阿纳西加的儿子,从四层楼的厨房窗间,看着他们。伊腹部靠在窗口,他的瘦而小的腿,露在短的深蓝色的裤子外面,他的赤裸裸的足伸在后面。

格里加的母亲,今天早晨不让他到天井里去;她正在生气。她记起格里加昨天打碎了一只杯子;虽然她当时曾经为这件事打过他,今天早晨却还拿起来责备他。

"你总是淘气,"她说,"你不要在天井里跑来跑去。你今天就在家里,读你的书。"

"我什么功课也没有试验。"格里加带些自傲的神气,对他母亲说。同平常一样,当他记起他在学校里的胜利,他就很快活的笑着。但是他母亲冷酷的看他一眼,说道:

"唔,都是一样的,你如果不怕挨打,就不必留在家里。你笑什么?如果我做你,我简直找不出什么可笑的事。"

阿纳西加总喜欢把这句话常常的说,——格里加十分不明白。自她丈夫死后,她不得不出去当仆人,自此以后,她看格里加和她自己都以为是不幸的人,当她想到这个孩子的将来,她常常把他染上黑色。格里加不笑了,开始觉得不安。

但是,他也不十分愿意到天井里去。他在屋里也不觉得沉闷。他有一本图画书,还没有读过,这个时候拿起来读着消遣。但是他也读得不长久。他趴在窗口,向外看着在天井里的孩子们。他觉得头有些痛,因为想忘掉头痛,他让他自己沉入梦想。

梦想——实是格里加很喜欢的事。他想象着各种各样的东西,一层一层的想象着,但是他自己总是中心——他梦到他自己与世界。当他走去睡觉的时候,格里加总竭力要想到些温柔、快活,而似乎又带些痛苦、羞耻的事,有时并且有些恐怖。虽然日里是不快活,在这个时候却有一种愉快的感情弥漫在他的全身。这个可怜的小孩子跟着他穷苦、顽固、喜怒无恒、心不满足的母亲在厨房里长成,日里总有许多不快活的事来到他的身上。但是更不快活的事,就是这个快活者常以他的幻想来安慰他自己。他倒头在枕上,含着复杂的情感,梦见可怕的事。

当他早上醒来的时候,格里加总不急于起床。他睡在甬道中,黑暗而不通风;他的床是在一个木箱上,也没有女人床上的钢丝褥那样柔软——当他母亲不注意,屋里的人都出门去的时候,他也曾在女主人床上坐过几回。但是不管如何,他睡的地方,仍是舒服而且宁静,在他没有想起上学去的时间已到,或是在放假日期,他母亲来叫他起来的时候。

这种事也是不常遇见的,除非他母亲要叫他到铺子里去买什么东西,或是要他帮她什么忙(她才叫他起来)。除此以外,她母亲并不扰她,并且她还喜欢他睡在那里,不来搅扰她,干预她的事,或是眼睛光光的看着她做事。

"没有你,已经是累死了。"她常常的对他说。

所以格里加常是躺在床上很久很久,身上盖着一床破棉被,无论冬天夏天都盖着,虽然在夏天,厨房里生着大火,棉被觉得非常热。他,又梦到喜乐愉快而不常是恐怖的事了。

最细小的事情,使格里加发生出各种的梦。有时他很快活的读了一篇故事或是一篇神话,从破旧的书里,有一本书是学校里的先生从学校图书馆里借给他的,一个礼拜可以借一回,有时他记住他高声念给母亲听的书里的一二奇怪枝节。无论什么事情,凡是他听见别人讲的或是他遇见的,总会引起他的想象,使他梦想他自己的梦想。

他每天到城里上学,功课中等无错,只是——他没有时间。他有许多梦想,并且他母亲事情完了,坐下做针指或是编物的时候,格里加又要高声读小说给她听。她非常喜欢小说,虽然她自己不会念,她却非常喜欢静听冒险的故事,大大的被 Sherlock Holmes 的《幸福之钥》所感动,也极喜欢

Dickens, Thackeray 和 Eliot 诸作者的旧小说。阿纳西加的书都是从她女主人或是住在十四号的女学生那里得来的。

阿纳西加很有记性，她听得了的故事，每喜欢详详细细的把他们讲给她的朋友听——讲给缝衣妇杜萨或是三号里的将军夫人的女仆听。

在傍晚的时候，格里加常常很感动的把他的手腕靠在白木的厨桌上，压他的穿着蓝布短衫的胸部在桌边，他的细长腿横在桌下，因为太短，不能踏在地板上。高声而且迅速清晰的读着，不全懂他所读的书的意义，但是常常十分的受讲爱情的辞句所感动，他于读到叙困难和危险的地方，也感得十分兴趣，但是在读叙爱情，或妒忌，或慈爱的情况，在读慈爱的字句，表现热情、痛苦，及因别人之加害而失去幸福的情人们的倦困的字句，尤其津津有味。

在格里加的梦境中，最常出现的是美丽的微笑的慈善，但有时而残酷的女子和庄严的美发蓝眼的小童。那些美丽的女子，有玫瑰般的口唇，她们的接吻非常温柔，她们的微笑非常慈爱，她们的说话又非常的和善，但是有时她们的语气是没有怜恤的；她们有柔荑般的白手，细长的指头，——柔软软的手掌，但是有时却是强健而残酷的；她们能够允许给所有世人所能给与别人的快乐与痛苦。那些温和的小童都是有长的金黄的头发披到肩上；他们的蓝眼睛闪闪有光；他们穿着花的拖鞋，端正的腿上穿着白色的丝袜。格里加听见他们不经意的笑声，他们的玫瑰般的嘴唇和平的张开着，他们两颊的红晕，红得鲜明可爱；有时也有眼泪流下来，但只是从那些温和的小童眼里流出。至于那些女人她们自己，她们是美丽而残忍的，永远不哭，只会笑，只会抚抱，只会作践别人。

有好几天工夫，格里加接连的梦见些辽远的美丽幸福的土地，住在那里的人都是很聪明的——自然是完全与他在这所沉闷之屋里所看见的人不同，在他看来，在这所屋里在这些窒塞的路上、小街上，乃至在这个沉闷的北方的都市的任何处，都像一所监狱。住在里面的是哪一种人呀？没有像他梦里所见的那样美丽可爱的女人，所有的只是自命不凡的粗暴的女主人与种田的仆人，和喧哗、好捣乱的坏脾气的女人与女孩子。没有武士，也没有小童。没有人披着他梦中的女人的颈带，也永远没有听见过有什么人因为保护弱者去同巨人打仗的。住在这里的上流人都是不快活而且是隔膜难亲近的，还带着些粗鲁傲慢的神气；种田的人也是粗鲁，也是与格里加隔膜而不相亲近的。在他看来，他们的质朴，其可怕而有机械心同那些心思复杂的上流人是一模一样的。

格里加在实际生活里所见的,没有一件事情是可以使他快活的;所有的事都是加苦痛于他的和平的灵魂之上,他甚至于憎恶他自己的名字。就是当他母亲在极稀罕的时候,显出想望不到的仁善,忽然叫他做格里兴加,就是这个亲爱的名字,也不能使他喜欢。但是这个可恶的细小的格里加的名字,每个人都用来叫他的名字——他母亲,他的女主人,少年女人们,以及在天井里的一切人——在他想来,似乎对于他自己是十分不惯,十分不相宜的。有时他似乎觉得这个名字与他脱离了关系,好像一个不好好贴在上头的招牌纸,从酒瓶上掉下来一样。

二

阿纳西加想把一个碟子摆在窗台上。她用粗大的手捉住格里加的小足踝,把他拖下来,用一种不必要的粗暴的口气说道:

"你到处的躺着。就是没有你,屋里已经没有空的地方了,什么东西都没有地方摆。"

格里加走开了。他用受惊的眼睛看着他母亲的严厉的、铁青而为炉火所灼红的脸,看着她的肘腕全露在外面的红手臂。厨房里非常窒闷;火炉正在出烟,爆响着;有一股难闻的和焦臭的气味。向外方楼梯去的门正开着,格里加站在门口一会儿,看他母亲在灶头忙着,毫不注意他,他就走到梯上。只在这个时候,当他觉得梯头的坚硬龌龊的石阶在他足下的时候,他才觉得头里有些痛,有些眩晕;他觉得虚弱无力,他的身体为热病的疲倦所战胜了。

"厨房里多少气闷呀。"他想。

他迷惑的四面的看,看着损坏而龌龊的石梯从他站在那里的狭梯头,一上一下的跑着。在他们的门对面,在梯头的那一面,还有一扇门,从门内传出两个妇人的尖峭的声音;她们正在相骂。一句一句话说出如从不留心旋好的挂灯上滴落的铅点一样,格里加还觉得她们一定在干燥的厨房地板上跑来跑去,把她们自己的身体撞在铁上、火炉上,发出喧哗的声响。她们说了许多话,都不过是叫闹的漫骂的话。格里加不高兴的笑了一笑。他知道住在这所房子里的人是常常相争的,是常常打骂她们的龌龊的坏孩子的。

梯头也有同厨房里的一样的,一扇窗从窗口也看得见同样的拥挤而无味的世界——红屋的,黄墙,充满着灰尘的天井。所有的东西都是奇怪,不惯,而且不必要——都是同他梦中的温和亲密的人物完全不同。

格里加爬上窗台的损坏的石板上,背靠在一扇打开的窗门上,但是他却不向天井里看。一座光明的宏丽的宫殿显出在他眼前,他看见在他面前,有一扇门通到赤褐色的头发的公主姚兰狄娜的房里。门开了,公主正坐在一扇长而狭的窗前织着好看的麻布,听见开门的声音,抬眼四面的看,用她的整齐的白手把喧哗的呜呜作声的纺织机停住了,温柔的微笑的看着他,说道:

"走近来,亲爱的孩子。我等你许多时候了。不要害怕,走过来。"

格里加走到她身旁,跪在她足下,她问他道:

"你知道我是谁么?"

格里加一听见她金声似的口音,就快活起来,答道:

"是的,我知道你是谁。你是最美丽的公主姚兰狄娜,这个地方的大国王姚兰顿的女儿。"

公主喜悦的微笑,对他说道:

"是的,你知道这一层,但是你还不知道所有的事。我从我的父亲、聪明的国王姚兰顿那里,学会了巫咒变化的方法,我能够随心所欲的把你变化了。我要同你开开小玩笑,所以就对你画了一道符;你呢,就与你的王宫离别,与你的父亲离别;现在,你看,你已经忘了你的真名,你已经变成了一个厨娘的儿子,人家都叫你做格里加了。你忘了你是什么样的人，你不能记忆起来，除非我要叫你记忆。"

"我是谁呢？"格里加问道。

姚兰狄娜笑了。一线恶毒之光在她谷花似的蓝眼睛里闪烁着，活像一个还没有十分习惯巫术的少年巫女的眼光。她的长手指紧紧的压在这个孩子的瘦肩上。她取笑他，像一个路上的少女一样的说道：

"不告诉你。什么事都不告诉你。你自己去猜猜。不告诉你，不，不。如果你自己猜不出来，那么你就要永远被人称为格里加了。静听，你的母亲，厨娘，在那里叫你了。走过去，服从着她。快去，快去，不然，她就要打你了。"

三

格里加静听，他听见他母亲的粗暴的声音在厨房里叫道：

"格里加，格里加，你在什么地方？你坏孩子，你把你自己躲到什么地方去了？"

格里加很快的由窗台上跳下，跑进厨房去。他知道当他母亲像这个样子的叫他的时候，他绝不能再延搁，他一定要立刻走去。尤其他母亲正在忙着预备午饭的时候，她在那个时候，总是生气，厨房里闷热的时候尤其厉害。公主姚兰狄娜的光亮的房子不见了,厨房里灶中烧的东西的青烟浮在他眼前。他重新又觉得他的头痛而且发热,他立刻感得倦疲虚弱。

他母亲向他叫道:

"现在活泼些;快快的跑到美立根店里,买半磅的柠檬饼干,一个先令的糕饼来。快一点,我正等着拿茶进去呢;女主人来了几个客人——什么鬼在这个奇怪时间内把他们带到这里来。"

格里加跑到甬道里,去找他的鞋袜,但是阿纳西加在他后面发怒的叫道:

"你到那边去做什么?没有时间给你穿鞋了——就这样去罢。你必须跑到那边,立刻就回来。"

格里加拿了钱,一个银的卢布,紧紧的握在滚热的手掌里。然后戴上帽子,跑下楼梯去。他一边跑,一边想道:

"我是谁呢?怎么我会忘了我的真名呢?"

他要走很远的路,要走过好几条街,因为他母亲所要的糕饼,在对门铺子里是买不到的,只有这间很远的铺子才有。女主人以为邻近的那间铺子里的糕饼常有许多苍蝇,并且做得也不好,但是那一间别处的铺子,她自己常常去买的,却是好的,干净的,味道尤其美。

"我是谁呢?"格里加总是想着。

所有他梦到那美丽的公主,姚兰狄娜的梦境,都给这个讨厌的问题打断了。他快快的沿街跑去,赤着足在坚硬的石子铺的热闹街道上跑,遇见了许多不认识的人,在他们面前走过,在这一班粗暴不快乐的人中,大家都是匆匆忙忙的走着,各走各的路,很轻蔑的看看穿着蓝布短衫和短的深蓝色的裤子的小格里加。格里加重又感得隔膜与不惯,觉得他,一个知道这许多愉悦的故事,一个爱去梦到美丽的女人的人,却住在这个沉闷而残酷的城里,却生长在这个地方,一个破烂的闷塞的厨房里,在那个地方,什么东西对于他都是奇怪而且不惯的。

他想起前几天的时候,有一个船主的儿子,名字叫做孚洛狄,住在二十四号的楼房里的,从对面屋子里的二层楼窗口叫他,要他到那边去,谈话。孚洛狄岁数同格里加一样大小,是一个活泼可爱的孩子;这两个孩子坐在窗台上,很快乐的一块儿谈着。突然门开了,孚洛狄的母亲,一个凶恶的脸的妇人,在门口出现。轮着她的眼睛,自头至足的细细的看着格里加,使他忽然感得恐怖,然后她轻蔑的说道:

"你怎么了,孚洛狄?你为什么把这个赤足的坏小孩子带到这里来?到屋里去,以后不准再同他做什么朋友。"

孚洛狄的脸红了，吞吞吐吐的讲了几句话，但是格里加已经跑回家，到厨房里去了。

现在，在路上，他自己想道：

"全是这样是不能够的。我不能真正的只是一个格里加，一个厨娘的儿子，一班好小孩子如孚洛狄和那个将军的儿子不准和我做朋友的孩子。"

在饼铺里，在那里卖那些叫他去买的那样的饼的时候——这种饼，他是一块也没有份吃的——以及在回家的路上，格里加有时想到那美丽的姚兰狄娜，骄傲而聪明的公主，有时想到围绕他的人的不合宜的行动，他又想道：

"我是谁呢？我的真名字是什么呢？"

他想象他是一个皇帝的儿子，他以前的父亲的高傲的宫殿站在辽远的美丽的土地上；也犯着一种痛苦的疾病，已经很久了，只是躺在他静悄悄的卧室里。他睡在柔软的床上，挂着金色的帐，盖着轻松的缎被，在他迷乱不省人事中，他想象他自己变了格里加那个厨娘的小儿子。从窗门大开的窗户，正开着花的玫瑰对着这个有病的孩子，送进一阵阵优婉的香味，他的所爱的夜莺也送进歌声，圆珠似的流泉也送进潺潺的水声。他的母亲，皇后，正坐在他床头，她哭着抚抱着她孩子。她的眼睛和善而充满着忧愁，她的手是柔软的，因为她永远没有洗过衣裳，或是煮过饭菜，或是缝纫过衣料。当他的这个亲爱的母亲用她的手工作的时候，她只拿着各种颜色的丝线，在金色的布上，绣着缎的椅垫，从她优雅的手指底下做出来的是深红色的玫瑰、白色的莲花，和那带着装着眼睛的长尾的孔雀。她现在正哭着，因为她的孩子生病，因为他有时竟张开他的热病的蒙眬的眼睛，说出毫无伦次的奇怪的话。

但是这个小皇子总有身体复元的日子，在这个时候，他从御床上起来，能够记起他是什么人，他的真名字是什么，于是他就要笑他自己的病中的迷乱的幻想了。

四

当这个思想来到他的心里的时候，格里加觉得格外的快活。他跑得更快，毫不注意四周围的事情。但是突然一个出于不意的震动，竟使他恢复他的意识。在他没有明白发生了什么事情以前，他已经觉得害怕了。

盛着糕饼和饼干的纸袋，从他手里掉下来，薄纸破了，黄色的柠檬饼干，滚散在破碎而龌龊的灰色街道上。

"你这个可恶的小孩子，你怎么敢冲到我身上来！"一个长大的胖妇人的尖峭的声音叫将起来，原来格里加是跑在她身上了。

她不喜欢的嗅着气味,她在她的小而发怒的眼睛上,戴起一副奇怪的龟壳眼镜。她全面的脸色显着粗暴和发怒和憎恶的神气,格里加充满着恐怖与不安。他惊惶的抬眼看她,简直不知道怎么办。他想,也许巡警,可怕的奇怪的人,要从四面兜围过来,把他抓住,捉到一个地方去。

在那个妇人旁边,站着一个年轻的男人,穿着过多的衣裳,戴着一顶高帽子,和一双奇怪的黄手套。他用一副凶恶、横暴的红眼睛,盯着格里加,他四周围的东西都显出赤红而发怒。

"可恶的小东西。"他切齿的说。

满不在意的,他把那个孩子的帽子从头上打落,又打了他一个耳光,然后向那个妇人说道:

"走吧,母亲,同这种东西也不值再闹什么。"

"但是他是怎么一个粗忽而大胆的孩子呀,"那个妇人说道,转身走开,"踉跄的小东西,你撞到什么地方去了?你几乎把我撞倒。不能在路上安安静静的走。巡警到底是做什么事的?"

那个妇人和她的同伴,很生气的对谈着,一步一步的走开了。格里加拾起了他的帽子,尽力所能捡得起的,把散在地上的糕饼和饼干,捡起来,把它们摆在破纸袋里,跑回家去。他觉得害羞,他想要哭,但是没有眼泪流出。他不再梦到姚兰狄娜了,他想道:

"她也同住在这里的人一样的坏。她捉弄我做了一个可怕的梦,我呢,永远不能再从这个梦中醒过来了,也永远不能记起我的真名字了。我也永远不能正确的回答'我是什么人?'这个问题了。"

我是谁呢,竟为一个不可知的意志送进这个世界,而结果也不可知?如果我是一个奴隶,那么,我为什么又会有能力去判断,去责备,为什么又会有高尚的欲望呢?如果我不是一个奴隶,那么,为什么围绕我四周的世界都是凶恶、丑陋而且虚伪的呢?

我是谁呢?

残酷而美丽的姚兰狄娜却在那里笑着可怜的格里加,在那里笑他的梦,和他的无答案的问题。

木筏之上

———————————————— [苏联] 高尔基（M. Gorky）

浓密的云慢慢的浮过那睡气沉沉的河上，一刻一刻的降下来，更低并且更厚。远处，他们的破布似的灰色的边缘，似乎同那湍急多泥而为春潮所泛溢的水面相接触。当它们接触之处，有一道不可破的墙直耸于天，阻碍河水的流下与木筏的通过。

水流旋转的冲着这道墙——带着愿望的哭声的转动，无效的冲扫着它——似乎又摔回到自己的身上，于是匆促的散到两旁去，这些地方正弥漫着一个黑暗的春夜的湿雾。

木筏浮泛而前，在它的前面，浓密的云中，开了一道间隔，——一块的空间。河岸不能看见；黑暗正笼罩着它们，春潮的发舐声的波浪，也似乎要把它们冲扫而去，变之为空闲。

河的下流，正流注于一个海里；而上面的摇荡于云块中的天空则沉重、湿润，而且笨钝的悬挂着。

没有天气，也没有颜色，在这个灰色、污染的图画里。

木筏迅速的沉静的滑流而下，黑暗中忽然现出由河上流航下的一只轮船,烟筒里喷出一群欢跃的火星来,他的大的转动的轮叶,并且把水激动起来。

两盏红色的船头的灯,一刻一刻的更大、更亮起来,桅顶的灯慢慢的左右的摇摆,好像在夜中忽然神异的把眼闭上一样。远处充满着被扰之水的喧声,及机器的沉重的喤喤的声响。

"看着前面呀!"从木筏发出声音来。这个声音是一个深胸膛的人的声音。

二个人站在木筏的末尾,每个人握着一根长竿子,用以推进木筏,并且把它们当舵用;米谛亚,木筏的主人的儿子,是一个好看、柔弱、而且和气的二十二岁的孩子;西尔奇,一个农人,雇来帮着运木筏的,是一个粗朴、强健、红发的人,他的上唇翘上去,带着一种讥嘲的轻蔑的神气,把嘴里的大而有力的牙齿都露出来。

"在右舷!"第二回的呼声又在黑暗中,从木筏前头震响起来。

"你为什么嚷;我们知道干我们的事!"西尔奇恼怒的咆哮起来;压他的宽展的胸膛在竿子上。"嘎!拉紧一些,米谛亚!"米谛亚把他的足压着构成木筏的湿板上,用他的薄手把那沉重的当舵用的竿子向他这边拉过来,当时沙声的咳啾起来。

"紧一些,向右舷!他们该死的懒惰的人!"主人又嚷起来;他的声音,愤怒而且焦急。

"嚷什么!"西尔奇怨恨的说道,"这里是你的儿子可怜虫,他不能在膝上折断一根蒿秆,你却叫他去把木筏的舵;然后,你又嚷得全河上都听见了。你以前总不要第二个掌舵的人;所以现在你嚷得把你的喉管撕成片片了。"

这些最后的话,咆哮得足以叫前面听得见,好像西尔奇故意要叫人听见一样。

轮船很快的由木筏旁边经过,他的轮叶激荡起许多泡沫来。木板在浪波上,上下的颠簸,捆束它们的柳条呻吟而且摩擦,发出一种润湿而悲苦的声响。

轮船上的点着灯的汽门似乎有一个时候以如火的眼睛直射在木筏与水面上,反映在沸腾的水里,好像许多光耀的、颤动的斑点一样。然后一切都不见了。

轮船激荡起来的波浪,向前向后的击打着这只木筏;木板上下的跳舞。米谛亚随着水动而摇摆不定,颤震的握着当舵用的竿子,以防坠下水去。

"好,好,"西尔奇说着,笑起来,"如此你开始跳舞了!你的父亲又要嚷起来,或者他就走来给你一二下子在筋骨上，那么，你又要跳别的样子的舞了！向左舷去，现在！嗄！"

用他的如钢铁弹簧一样的筋肉的弹力，西尔奇很有力的压那竿子，把它深深的插下水去。强有力，高大，讥笑而且怀恶意，他赤着足站着，坚固如同木板的一部分一样；直往前看，时时的更变木筏的方向。

"看你父亲同玛加接吻！他们不是一对魔鬼么？不要害羞，也不要问你良心。你为什么不离开他们，米谛亚——离开这些异教的猪子呢？为什么？你听见了没有？"

"我听见了。"米谛亚以闷塞的声音回答他，也不向西尔奇从黑暗中指给他看的那个地方看，在那个地方，米谛亚父亲的形状能够看得见。

"我听见了。"西尔奇嘲道，讥刺的笑了起来。

"你可怜的半烘着的东西！一件快乐的事实，诚然是！"他接着说下去，为米谛亚的无感觉所鼓励，"这个老头子真是一个魔鬼！他替他儿子找一个媳妇；他又把他儿子的媳妇从他儿子那里取了去；就是如此！这个老禽兽！"

米谛亚一声不响，眼望着筏后的水上，在那里，别一个雾的墙又形成了。现在云四周密围着，木筏显得难能流动，却只静停在厚的黑的水上，为沉重的灰黑色的蒸气块所压下，这些蒸气块浮泛过天空，阻碍着通路。

河的全部，就如一个深浅难测的秘密的漩涡一样，四周围着上耸于天、戴着遮蔽的雾的大山。

静默闷窒着，水似乎希望的受惑着，他只轻轻的打着木筏。

重大的忧愁与踌躇的疑问在这细弱之声里听见——夜里的唯一的声响——它之扬起沉默尤甚于寂静。"我们现在要一些风，"西尔奇说，"不，我们所要的不一定是风——它要带了雨来。"他自己答复着，同时开始装烟在他的烟管上。一根火柴擦着了，烟管点着的起泡的声音可以听见。红光现了一下，生了一阵红热，经过西尔奇的大脸上；然后光熄了，他又隐于黑暗之中。

"米谛亚！"他叫道。他的声音现在是少些粗暴而更多讥嘲。

"什么事？"米谛亚回答，不移动他的注视于远处的眼光，他好像用他的大而含忧的眼在那里寻找些什么东西。

"这事是怎样发生的，伙伴？这事是怎样发生的？"

"什么？"米谛亚不高兴的回答。

"你是怎样去结婚的？什么样的奇事发生！这事是怎样的？这带你的媳妇回家——后来呢？喂！喂！喂！"

"你喋喋空谈些什么？向那边看！"这个声音恫吓的由河面过来。

"永堕地狱的禽兽！"西尔奇喜欢的诅骂道，又回到他所喜欢说的调头上去了，"来，米谛亚，告诉我；即刻告诉我——为什么不那样做？"

"让我一个人在这里吧，西尔奇，"米谛亚恳求的嗫嚅的说，"我告诉过你一回了。"

但是由经验上他知道西尔奇绝不能让他和平自在的，因匆促的开始说道："唔，我带她到家——我告诉她：'我不能做你的丈夫，玛加；你是一位强壮的妇人，我是一个孱弱有病的人，我完全没有想到娶你，只是我父亲强迫我娶。'他常对我说：'娶亲！娶亲！'我不爱女人，我说尤其你，你是太勇猛了。是的——我不能做什么事——同着这件事。你明白了么？在我呢，这件事使我嫌恶，并且也是罪恶。至于孩子呢，——一个人讲到他的孩子是能够回答上帝。"

"嫌恶，"西尔奇叫着，并且笑了，"唔！玛加她怎么回答呢？怎么呢？"

"她说：'现在叫我怎么办呢？'于是她开始哭了。'你为什么反对我？我是怎样的可怕的难看么？'她不知羞耻，西尔奇，并且是坏人！'以我所有的这样的健壮与有力，我必须到我公公那里去么？'我回答道：'如果你喜欢——到你所喜欢的地方去，但是我做事却不能反对着我的灵魂。如果我对你有爱情，那是很好的事；但是事情是如此了，又怎么能够呢？伊凡神父说，这是极该死的罪恶。我们不是禽兽，是么？'她又哭了：'你破坏了我生命里的机会了！'我十分可怜她。'这没有什么，'我说，'所有的事都要来得对。或者，'我接下去说，'你可以到一个庵堂里去。'她开始侮辱我了。'你是一个蠢笨的愚人，米谛亚！——一个懦夫！'"

"好，我愉快了！"西尔奇呼道，以一种快乐的微声，"那么你一直的告诉她叫她到尼庵里去么？"

"是的，我叫她去。"米谛亚简单的答道。

"她也叫你为愚人么？"西尔奇扬声问道。

"是的，她侮辱我。"

"她是对的，我的朋友；是的，实在的，她是对的！你应该受相当的锻炼。"西尔奇忽然又变了他的语气，严厉的，威重的继续下去，"你有权利去反对法律么？而你竟反对了他！事情都是布排得有一定的样子的，反对他们是没有用处的！你一定不要研究他们。但是你做了什么事？你脑筋中有了怪想吧。尼庵，实在的！蠢笨的愚人！女人所要的是什么？她要你的尼庵么？这样一班糊涂脑筋的愚人现在所有的!只要想一想什么事发生了!你,你不是鱼类,不是鸡鸭,也不是好的红色的鲱鱼。而那个女人所做的!她跟着一个老头子一块住!你把那个老头子带进罪恶里去!你所破坏的有多少法律呢?你聪明的脑袋!"

"法律,西尔奇,是在灵魂里的。每一个人有一样的法律,不要做那反对你灵魂的事情,那你就不会在世上做恶事了。"米谛亚回答说,以一种缓徐、劝讲的口气,并且点他的头。

"但是你犯了罪恶了,"西尔奇很有力的答道,"在灵魂里!一个很好的意思!灵魂里的东西多着呢。有的东西一定得忘记了。灵魂,灵魂!你一定先明白他,我的朋友,然后——"

"不,不是这样的,西尔奇,"米谛亚热心的答道,他似乎受了感动,"灵魂呵,我的朋友,常是清澈如露水一样的。这是真实的,他的声音深藏在我们的身里,难于听见;但是如果我们听见了,我们就永远不会差了。如果我们做事能够照着我们的灵魂所命的,我们所做的事就要常与上帝的意思相合了。上帝是在灵魂里的,所以法律也必定是在灵魂里。灵魂是上帝所创造的,上帝呼吸他进人身里。我们只要学着去看他——我们必得不要存着我们自己的感情去见他。"

"你们睡着的魔鬼！看着前头呵！"这样声音由木筏前部响了起来，飘荡向河的下面。因这个响声的强有力，可以知道那发声的人是康健、有力，而且善自己喜欢的了。一个具有伟大而且是本能的生气的人。他嚷，并不是他要给所必要的命令于掌舵的人，只是因为他的灵魂里充满了生气与强力，此生气与强力想着要自由的发泄，所以他在这如雷的有力的声响里压迫而出。

"静听这个下流的人嚷，"西尔奇快活的接下去说，看着前面，以深锐的眼光，并且微笑，"看他们接吻并且表示亲爱如一对鸽子一样呵！你不妒忌他们么，米谛亚？"

米谛亚无忤的看着前面二把桨的动作，这两把桨为二个人所拿着，他们一前一后的摇动，有时他们互相接触，成了一团坚实而黑暗的东西。

"那么，你说你不妒忌他们么？"西尔奇重说了一遍。

"对于我有什么关系？这是他们的罪恶，他们一定得酬答他。"米谛亚沉静的答道。

"咳！"西尔奇讥嘲的插嘴说，同时他又装烟于他的烟筒中。

小的红光又在黑暗中亮起来；夜更深了，灰色的云也更低的向着泛溢的河面降下。

"你从哪里得这种好东西,或者是他自然的来到你那里的么?但是你不要在你父亲之后,我的孩子!你的父亲是一个好看的老奴。看他吓!他现在五十二岁了,看他带着这样强壮的一个少妇!她是好看的妇人如曾穿过皮鞋的一样。她爱他;这是毋庸讳言的!她爱他,我的孩子!不禁要羡慕他,他是这样的一个丈夫,你的父亲——他是丈夫中的王!当他正工作的时候,是很值得去看他的。而现在,他富了!而现在看他怎样的受人尊敬呀!他的头在正路上转动。是的。至于你呢?你一点也不像你的父亲或你的母亲。如果老安菲莎在世的话,米谛亚,你想一想,你父亲要做些什么事呢?那一定是很好玩的笑话!我很喜欢看她怎样的处置他!她是正道的妇人,你的母亲!一个真有胆力的人,她是!他们真是好配偶!"

米谛亚仍然静默着,靠在竿子上,眼望着水。

西尔奇停止谈话了。在木筏的前部,一个女人尖脆的笑声可以听见,接着是一个男人的更大的笑声。他们的身体为雾所蔽,西尔奇近于看不见,然而他仍旧是好奇的看着他们。男人显是高身量,两腿张开的站住,握着一根竿子,转半面向着一个比他短一些的女人,她靠着别根竿子上,离开他几步远站住。她摇动她的食指向着那男人,鼓舞的嬉笑着。

西尔奇叹了口气,掉转头来,几分钟的静默后,又开始说话了:"这全是使人困恼的,但是他们聚在一块像是如何的快乐呀;真是好看!我怎么不能有与此相同的事发生?我,一个无家漂流的人!我要永远不离开这样的一个妇人!我要常用我的手臂围抱着她,我爱那小魔鬼是没有过失的。我于妇人永远没有什么好运气!他们不喜欢软头发的——女人们不喜欢。不。她是具有幻想的女人,她是!她是一个机警的小魔鬼!她要看生命!你睡着了么,米谛亚?"

"没有。"米谛亚悄然答道。

"唔,你要怎么样去生活?说实话,你是孤立如柱子一样!那似乎很难受!你能够到哪里去呢?你不能在生人中间过生活。你太不合理了!不能自立的人有什么用处呢?一个人在这个世界上是要有齿与爪的!它们对于你都有用处。你能够自己辩护么?你要怎样开始?全是地狱;你能往哪里走呢?"

米谛亚突然自己兴奋起来,说道:"我,我将走开了。我秋天的时候就要到高加索山里去,所有的事全算完了。我的上帝!只要我能够离开你们大家呀!没有灵魂,没有上帝的人们!离开你们,这就是我的唯一希望了!你们是为什么生活的！你的上帝在哪里？他没有什么，不过是一个名辞！你们生活在基督教里么？你们是一群狼；就是你们！但是在这上面还有一种人们，你们的灵魂是生活在基督底下的。他们的心包含着爱，他们是渴望世界的得救的。但是你们——你们是禽兽，吐出秽物的。但是有别一种人，我看见过他们了；他们唤我，我一定要到他们那里去。他们曾给我一本圣经，他们说道：'读，上帝的人，我们的亲爱的兄弟，读这真理的话！'我读了，我的灵魂为上帝的话所更新了。我要走开了。我要离开你们这一班贪暴的狼。你们互相啮食你们的肉！咒诅你们！"

米谛亚热烈的低声的说，好像是被他的沉思的快乐的强力，他的对于那些贪暴的狼的怒气及他的欲与那些灵魂志于世界的得救的人们住在一起的愿望所过激。西尔奇惊愕起来，他沉静了一会工夫，张开了嘴，烟管拿在手里。经过几分钟的思想后，他四面的看了一看，以深沉的、粗暴的声音说道："堕落地狱的！你怎么立刻变坏了？你为什么读那本书？他是很坏的！好，滚开吧，滚开吧！如果不然，就是你的结局了！你滚开，在你使你自己成了一只正式的兽类以前！这些东西在高尔索的是谁？僧人？或是什么？"

但是米谛亚的精神的火熄灭下去如在一个火焰上点着一

样的快;他撑着竿子,努力的喘气,低下他的气息,嗫嚅的自言自语。

西尔奇等回答等了好些工夫,只是不来。他的简单的勇敢的天性,为夜的凶猛与死一般的沉静所压服。他要恢复生命的充满,要以声响惊醒寂寞,要打扰、骚乱那徐徐流注于海的沉笨的水团及那幽暗的胁迫的挂在空中不动的云块的隐藏的沉思的静默。在木筏的那一头却有生气,这唤起他的生存。

向前,他能够听见时时刻刻的发出来的满足的笑声、叫喊与声响,似乎出来反对这个夜的沉默,装载春的呼吸并且激起如此强烈的生的愿望。

"握紧了,米谛亚!你仍能从那个老人那里捉着他!看那边呀!"西尔奇说着,他不能更守寂寞了;看着米谛亚在那里无助的摆动他的竿子,一前一后的,在水中。

米谛亚抹干了他的润湿的额,宁静的胸靠着竿子站着,喘着气。

西尔奇接着说道:"今天晚上有好几只轮船,这许多钟头,我们只遇着一只。"看着米谛亚没有回答他的意思,西尔奇悄然自答道:"这是因为在本季太早了,正只开始。我们不久要到喀山了。佛尔格河真难运东西。她有一个有力而强健的背，能够负载一切。你为什么像这样的不说话的站着？你生气么？喂，那边，米谛亚！"

"什么事？"米谛亚呼叫起来，带着恼怒的口气。

"没有什么，你奇异的人；但是你为什么不说话？你总是思想着。不要想他吧！思想是于人有害的。聪明一类的人，你是！你思想，思想，你总不明白你实在是一个愚人。嘎！嘎！"

西尔奇非常满意他自己的超卓，清除了他的喉咙，停一会儿不说话，唿哨了一阵，然后又接下去开展他的话头。

"思想？对于作工的人相宜么？看你的父亲；他不大思想；他生活着。他爱上了你的媳妇，他们联在一起来笑你；你聪明的愚人！这就是如此！静听着他们！破坏他们！我相信玛加是已经怀孕了。不要怕，孩子绝不会像你。他一定是好看的壮健的孩子，像赛蓝他自己！但是他却是你的孩子！喂！喂！喂！他要叫你做父亲！而你不是他的父亲，却是他的兄弟；而他的真正的父亲却是他的祖父！真是好玩的事！怎样的一个龌龊的家庭！但是他们俩却是健壮的一对！这不是真的么，米谛亚？"

"西尔奇！"一声激切的哽咽的微呼，"以基督的名字，我哀恳你不要撕我的灵魂为片片，不要用火印烙我吧。让我一个人在这里。静默着！以上帝与基督的名字！我求你不要同我说话！不要打扰我！不要沥尽我心中的血！我要自掷于河中,你的罪恶,这是一个大罪恶!我丧失了我的灵魂,不要强迫我到这个地步!为上帝的要求,我哀恳你!"

夜的静默,被尖锐不自然的啜泣之声所扰乱;米谛亚躺下在木筏的上面,好像是一阵从上面挂着的云里来的烈风吹倒他似的。

"来,来!"西尔奇气咻咻的说,焦急的看着他的伙伴在筏上扭绞,如同被火烧伤了一样,"这样奇异的人!他应该告诉我,如果这事不是这样的——如果这事不十分——"

"你总是,苦我不休。为什么?我是你的仇人么?"米谛亚又啜泣起来。

"你是一个怪孩子,一个奇怪的东西!"西尔奇嗫嚅的说,混乱,而且拂意,"我怎么知道呢?我不能像这个样子同你谈!"

"明白了,那么,我要忘掉这些事!永远的忘掉!我的羞耻,我的可怕的痛苦。你是一个残忍的人!我要走开去,永远的走开!我不能更忍受了!"

"对呀,你请走吧!"西尔奇在筏上呼叫起来,扬起他的呼声,高声的粗暴咒诅着。然后他似乎缩做一团,好像他自己怕那展开在他面前的惨剧；戏剧，他现在强迫着要知道的……

"喂！那边！我叫你们呢！你们耳朵聋了么？"赛蓝的声音在河面上响了起来，"你们在那边讲什么？你们嚷些什么？喂！喂！"

赛蓝似乎是喜欢叫嚷的，以他的沉重的、充满着力量与强壮的声音破了河上的深沉的寂寞。这个呼声有成效了，震颤那温而润湿的空气，并且似乎压倒了米谛亚的孱弱的样子。他站起来，又把他的身子压在当舵用的竿子上。西尔奇尽力量的嚷，回答主人的话，同时在他气息底下咒诅着他。

两人的声音，经过了，充满了，冲破了这夜的沉寂，然后它们似乎合了成一个深沉的音调，如一个大号筒响一样。又扬起来震颤着，它们浮泛在空气里，渐渐的散开——消灭了。

沉寂又登位了。

由云罅里，月亮的黄光照射在黑暗的水上，闪耀了一会儿，不见了，在潮湿的幽暗中，扫荡去了。

木筏继续的在沉寂与黑暗中向下驶去。

靠近前面的一根竿子旁边，站着赛蓝·彼特洛夫，穿着红色汗衫，领处开着，露出他的强有力的喉咙与多毛的胸膛，如一个铁砧一样的坚硬。一丛的灰白头发覆盖着他的前额，额的下面就是大而黑的温热的眼。他的袖子卷到肘上，当手拿着竿子的时候，他的手臂上的血管都显露出来。赛蓝靠前一些，注意的看着前面。玛加离他几步远站住，凝视她情夫的强健的样子，满足的微微的笑着。他们都沉默着，忙着他们自己的种种的思想。他正注视着远处，她也跟着他的雄伟的有髭的面的转动。

"那边一定是一个渔人的火。"他转头向她说道。

"是的。我们守着我们的路，喂！"于是他呼出一阵充实而热的气，用他的竿子，有力的一撑。

"不要疲倦了你自己，玛粟尔加。"他接着说，看着她，当时她正拿着她的竿子，很熟练的一撑。

她圆满而肥胖，黑而光亮的眼睛，红色的两颊；赤着足，只穿着一条潮湿的围裙，紧贴在她身上，显出她身体的外形。她转脸向着赛蓝，愉快的微笑着，说道："你太挂虑我了，我不累！"

"我亲吻你，但是我不挂虑你。"赛蓝答说，动他的两肩。

"那不很好！"她激动的回说；他们又都沉默了，以欲望的眼互相看着。

木筏下面，水和谐的潺潺的流着。右岸上，很远的地方，有一只乌鸦叫着。木筏在他们足底下微微的摇动，向着一个地方流去，那个地方，黑暗融而为较明亮的颜色，云的形状，也看得较清楚，少些阴沉的色彩。

"赛蓝·彼特洛夫，你知道那里在嚷些什么？我知道。我同你赌，我知道。米谛亚正向着西尔奇诉说我们的事；他扰乱的叫喊起来，而西尔奇则正咒诅我们呢！"

玛加热切的疑问的看着他的脸，他听完她的话，脸色变了凶恶，冷酷的含着倔强。

"好！"短捷的说。

"好，如此就算完事！"

"如果如此就完事，那就没有事可说了。"

"你生气么？"

"同你生气？我很喜欢同你生气，但是我不能够。"

"你爱玛莎么？"她微语道，劝慰的向着他靠着。

"你赌！"赛蓝沉重的回答道，伸出他的强有力的手臂向着她，"来，现在，不要扰恼我了！"

她如猫的动作一样，扭曲她的身子，再向着他靠着。

"我们又要使那掌舵的人烦恼了。"他微语道，亲她的脸，她的脸在他嘴唇底下滚热的烧着。

"现在不要说话了！他们在那边能够看见我们。"她的头向后边转动，挣扎着想把她自己释开了，但是他仍旧用一只手更紧的抱着她，用那一只手来撑竿子。

"他们能够看见我们？就让他们看见我们吧。我鄙薄他们那些人！我是有罪恶，这是真的，我知道；并且要对着上帝回答这个罪恶；但是你却仍旧永远不是他的媳妇；你是自由的；你属于你自己。他是苦痛着，我知道。至于我呢？我的地位是快乐的么？这是实在的，你不是他的媳妇；但在我的地位上看来，全是一样的，我现在觉得怎么样呢？在上帝面前，这不是一个可怕的罪恶么？这是罪恶！我全都明白，我打破一切！因为这是一件值得做的事！我们相爱只有一回，而我们算不定什么时候死。呀！玛加，如果我只要等一个月，在嫁你给米谛亚之前，这些事就不会发生了。从安菲莎一死后，如果我叫我的朋友设法你，那么所有的事就都正当了！在法律前是正当的；没有罪恶，没有羞辱。这是我的差处，这个差处要使我减少我五年或十年的寿命。如此的差处真要使一个人先时而老。"

赛蓝·彼特洛夫决断的，但是镇定的说，其时一种不可挠的决心的表现，在他脸上显出来，使他像一个时常为恋爱的权利而奋斗竞争的人一样。

"唔，现在全对的；不要再烦恼你自己了。我们讲这个事已不止一次了。"玛加微语道，温和的从他臂里，把她自己释开了，复回她的地方。

他开始一前一后的运动他的竿子，捷速而且有力，好像他想脱离了那压在他的胸上、生着阴影在他脸上的重负一样。

天渐渐的亮了。

云失了他们的密度，慢慢的向两边潜藏进去，好像是不愿意让位子给日光一样。河面渐渐的光亮起来，显出黑漆的钢铁似的冷光。

"不多的时候以前，他曾对我讲到这件事。他说：'父亲，这不是你与我的极大的羞耻么？弃了她吧！'他的意思是说你，"赛蓝解释说，并且微笑，"他说：'弃了她，回到正路上吧！''我的亲爱的儿子，'我说，'走开了，如果你要保存你的皮！我要撕裂你为片片，如一块破烂的布一样！没有你的大道德留存的余地！想起我是你的父亲，我就发愁！你纤弱的可怜虫！'他战栗着。'父亲，'他说道，'我是错的么？'我说：'你是的，你啼啼哭哭的恶狗；因为你是在我底下的！你是的。'我说：'因为你不能自己独立！你没有生气的，腐烂的行尸！只要——'我说：'你是强健的，人就能够杀死你；但是就是这一层也不能够做！人可怜你，可怜的痛苦的生物！'他只是哭。喂，玛加，这类的事，真没有好处。无论别的什么人都要——要立刻的脱出他们的头于这个活结的外边，但是我们却在他里边，我们似乎还把他紧套在我们的头颈上！"

"你是什么意思？"玛加说，害怕的看着他，他凶恶、健壮，而且冷酷的站在那里。

"没有什么！如果他死了，事就完结了！如果他死了——那是如何好的事！那个时候，什么事情都正当了！我要把所有的田地都给了你的家族，使它们塞住他们的嘴；我们俩就到西伯利亚去，或者别的远地方。他们要问：'她是谁？''我的妻子！你知道么？'

"我们可以得到一种的纸据或执照。我们可以在某地的一个乡村里开一间铺子，住在那里。我们可以在上帝面前赎我们的罪。我们可以帮助别人生活，他们也帮助我们去安慰我们的良心。对不对，玛加？"

"是的。"她说，深深的叹了一口气，闭上眼睛似乎正在思想。

他们停一会儿不说话。水呻吟的流着。

"他有病，他或者不久要死。"赛蓝停一会后说。

"请上帝快一些!"玛加说,似乎在那里祈祷,并划十字。

春天的太阳的光线经过云端射下来,以虹霓的黄金的色泽与水面相接触,风吹起来,万物都震颤、活泼,而且微笑。云中间的青色的天在为阳光所暖的水面上头微笑着。木筏流动而前,离开云在筏后。

云集合而成厚而且浓密的一团,悬挂着不动,在光明的河的上面,似乎要寻找一个方法,逃避那炽热的春天的太阳,他丰富色彩与快乐,似乎是这些冬天的暴风雨的表象的仇敌。

前面,天空渐渐的更清明,更光亮起来,早晨的太阳,没有炎热的力量,却放射他的闪耀于早春时节的光明,静定的美丽的从河的紫金色的波浪上升上来,更高更高的登上于青色的澄明的天空。在右边,显出河的棕色的高岸,围绕着绿树;在左边,深绿色的田野,露华闪耀着。空气中浮泛着土的气息,新艮的春草的气息;还挟着松树的芬芳的香味。

西尔奇与米谛亚站在那里,似乎与他们的竿子结连在一起,但是他们的脸色却不能被站在木筏前部的人辨识得清楚。

赛蓝凝视着玛加。

她神气冷淡。向前以弯曲的姿势靠在她的竿子上。她正向前面看,以迷蒙的眼睛;神妙的、愉快的微笑,现在她的唇上——如此的微笑,直能使丑妇也显得好看而且可爱。

"看着前头,孩子们!喂喂!"赛蓝嚷起来,用他的肺的全副力量,他的健壮的胸腔里感得一阵有力而强烈的跳动。

四围的东西似乎都因他的呼喊而震颤起来,从两旁高岸上来的回声,响得很久。

作者略传

一　契利加夫

契利加夫（E. Chirikov）是俄国大革命前闻名的写实小说家，生于一八六四年。他的著作，以平易古朴动人，他在平淡的事中，含有深的思想，具俄国作家特有的"含泪的微笑"之作风。他的作品最著名的有《学生来了》《外国人》《犹太人》《泰却诺夫的一生》及在欧洲大战时所作的杂记《战争的反响》等。大革命后流亡在外，不曾回国。

他的《浮士德》，写的是一个中产家庭的生活，但所提的《浮士德》歌剧，其故事却是中世纪时的一个传说，叙浮士德把他的灵魂鬻给魔鬼米菲士托弗的事。后来，英国作家麦洛委（Melowe）首先把它编为剧本；到了德国文豪歌德以这个题材作为绝世的巨著《浮士德》时，这个故事便传遍全地球了。但通常在舞台上演奏的，乃是五幕的歌剧，叙的是浮士德与马格莱特的恋爱的始终，起于浮士德与米菲士托弗的订约，浮士德的变形为美少年，在市场与马格莱特的相见，终于马格莱特杀死她与浮士德私生之子，被捕入狱，在狱中为天使救入天堂。

二　克洛林科

克洛林科（Korolenko）（一八五三年生，一九二〇年死）的生地在西俄。一八七二年，他在莫斯科的农业学校里读书，因为参与学生运动，被学校斥退。后来，他又以"政治犯"被捕，被流放于西伯利亚。至一八八六年，他才被赦回来。西伯利亚使他的文学天才孕蓄至于成熟。他的《马加尔的梦》发表后，立刻引起许多人的称许，被承认为屠格涅夫的一个真的后继者。他的这篇文章，在描写上，在结构上，在在都表现出完善的艺术的美来。此后，继续发表的《林语》《恶伴侣》《森林》《音乐师》也都是伟大而且精美的作品。

三　梭罗古勃

梭罗古勃（F. Sologub）一八六三年生，是一个诗人，又是一个小说家。他是崇拜"美"的，而他的伟大，却在一切同时同派的作家以上。他是一个梦想者，而他的梦却较真际生活为更坏。他是一个悲观主义者，而他的悲观较一切人为更彻底。他幻想，他幻想"无生"之乐；同时他诅咒生，甚至诅咒及做着更好的生的梦者。对于一切事，他愤慨，他叹息，而他的愤慨与叹息是绝望的。

他的重要作品很多，以《小鬼》《创造的故事》《比毒药更甜美》等为最著。他的短篇小说和抒情诗也是极秀美而带着隐微的悲哀的。

四　高尔基

麦克辛·高尔基（Maxime Gorky）生于一八六八年，在尼志涅诺夫格罗（Nizhni Novgorod）地方的一个染坊里。高尔基是他的假名。他的真名是阿利克塞·麦克西默维慈·薛陕加夫（Alexei Maximovich Peshkov）。高尔基是悲伤的意思，他所有的著作，差不多都署上这个假名字。他在儿童时代，双亲就全死了。很小的时候，就在一家鞋铺里当学徒。因为受不住主人的虐待，逃走出去。后来在佛尔格（Volga）河里一只轮船上的厨房里当助手。如同贵族的屠格涅夫之学俄国文字于一个仆人一样，他从一个厨子那里得到他的爱好文学的性情，这个厨子是一个粗率而长大的人，镇日价消磨他的闲暇的时间于书籍中。他有一个旧箱子，里边满装着书；有圣哲的传记，有大仲马（Dumas）著的小说，也有些郭歌里（Gogol）的著作。这些书高尔基都看了。他的求学的念头，从此引起，当他十六岁的时候，他就到佛尔格河边的一个镇，名为喀山（Kazan）的那里去，这个地方，有一个大学，托尔斯泰曾在那里念过书。他最初所抱的思想，以为文学与知识，必同饿荒时的面包一样，也是自由散发给饥民的，哪里知道这完全是空想。大学岂是自由开放的！替代了去接受那知识的米面，他却强迫——为肉体的饥饿所强迫——着去到一家面包店里去作工。昼夜不断的在炉边作苦，以求一饱。这个时候，可算是他一生中的最黑暗的时代了。不久，去面包店而游行各处，做了各种的工作；当过小贩，也当过码头上及车站上的苦力。十九岁的时候，他厌弃他的生活，用手枪自杀了一回，但没有中要害。他遂沿佛尔格河，往黑海，得了许多小说的材料，为后来之用。一八九二年的时候，他开始做小说，登在各日报上。后来，遇见克洛林科，这位前辈尽力的鼓励他，并为之介绍于彼得格拉特的各杂志。一八九九年后，他的声望，一天天的高涨；他的地位，仅次于托尔斯泰。一九〇六年的大革命失败后，他也逃亡到国外去。直到一九一七年大革命告成后，他方归国。曾一度为教育总长，又为政府刊行《世界文学丛书》。在苏俄的文坛上，他是唯一的一位"老师宿儒"了。

他的著作，有《母亲》《我的少年》等长篇，《夜店》《沉渊》等戏曲；但以短篇小说《昔曾为人者》《二十六男与一女》《我的伴侣》等为最见长。

据《俄国短篇小说译丛》，商务印书馆，1936年

集外

给英国人

[英] Shellry

英国人呀,

你们为什么替压迫你的人耕田?

你们为什么小心辛苦的织了美丽的衣服给暴主穿?

难道你们从少到老,竟替那些迫你们流汗——还要饮你们的血的负恩的懒人,种米粮,织衣服,积钱财!

英国的蜜蜂们呀,

你们为什么造了许多刀、鞭、铁链,

让那些无针刺的懒人拿来掠夺你们辛苦做成的物品?

你们有闲暇之时么,有快乐,有平安么?

你们有房子住,有食物吃,有爱人的温柔的慰藉么?

不然,你们用了痛苦,用了忧惧,用了这样宝贵的代价——所得来的究竟是些什么?

你们插秧,别人收谷;

你们找到财源,别人收藏它;

你们织布,别人穿衣;

你们制好刀枪,别人拿在手里。

去插秧吧——但不要让暴主去收米谷；

去找财宝吧——但不要让骗子去保藏它；

去织衣服吧——但不要让懒人去穿它；

去制造刀枪吧——但须佩带起来保护你们自己。

原载 1922 年 10 月 10 日《文学旬刊》
第 52 期双十增刊

古希腊菲洛狄摩士（Philodemus）的恋歌

一 散苏

注进些油吧，我们的灯今夜必须饮油，
它是恋爱的秘密礼节的沉默的证人。
现在，去罢，菲拉尼司（Philaenis），把门关紧了去，
爱神是嫌恶男人们的窥视的眼光的。
亲爱的散苏（Xantho），当她去了时，你与我——
但是，不要说话！恋爱独为了我们守着他的神秘。

二 待合所

晚上好，密斯。晚上好，先生。
你是什么名字？我要知道。你是什么名字？
你是很奇怪，密斯。你也是很奇怪。
你有约会了么？对什么人我都可以。
那么和我同吃晚饭吧：多少钱？不必先付钱，
明天你安逸的付我吧。

好条件，我的可爱的；现在你什么时候来？
你喜欢什么时候都可以。立刻？好的，你是一人；

我将告诉你我的住处,你把我送回家。

三 秘密

　　我恋爱了一个美丽的女郎,
而她也不惧怯于恋爱;
我们的唇相答,你吻我,我吻你,
不久,我们便到达了爱的完全祝福。

　　但是,谁是我,谁是她,
我们怎样会如此的同意,
所有那一切,仍然是在玫瑰的下面——
独有委娜斯知道我们的秘密。

四 对话

　　你好呀,我爱的。
你好,美少年。
你的女主人在家么?
你有什么事?
我要相识她,如果我可以。
你可以,如果你,能偿付她的价钱。

那么，我今夜到她那里来么？
是的，如果你，有了那些钱。
这够了么？不，不，我的孩子，
你，去找一个便宜些的玩具吧。

五 菲拉尼司

我不能说她高，
她的皮肤黑色，她的身材细小。
但是洋芫荽不能比上她的发，
绒毛也没有她的美丽的胸柔软，
她的脆美的声音含着魔人的可爱。

如委娜斯的温而柔的腰带，
尤其好的是，她顺着我的意，
并不求满她的钱袋。
所以，如她那样的人，我仍然是爱她，
直等到我遇到一个更完美的女郎。

以上菲洛狄摩士的五首恋歌，系从《希腊诗选》（Greck Anthology）第五卷中选译。菲洛狄摩士约生于公元前六十年中，为希腊的诗人与哲学家；罗马的大演说家西塞罗(Gicero)很称许他,贺拉士(Horace)也曾几次的提起过他。在《希腊诗选》的诸诗人中他算是很著名的一个。他也著有好些散文作品,然俱比不上他的诗的重要。他是伊比丘为鲁派(Epicureaus)的诗人,以快乐为人生的目的。在以上的几首恋歌里,许多人诚未免要说他为一个不道德的人。他的情爱,如空气一般的轻,有时爱上这个妇人,有时又爱上那个女郎,正如一只蝴蝶在一朵一朵花上飞翔着似的。

原载 1925 年 5 月《文学周报》第 172 期

东方圣人的礼物

[美] 欧·亨利

一块钱八十七个铜子,全在这里了。当中有六十个铜子还是辨士呢。辨士是一回一个两个的储存起来的;这都是她同卖水果的、卖蔬菜的,及卖肉的,龈龈争价,直到了这种吝啬的行为,把她的两颊烧红了,显出沉默的吝气,才得到的。狄拉数了三回了。一块钱八十七个铜子。明天就是圣诞节了。这是很明白的,除了坐在破旧的小床上哭啼以外,更没有别的事情可做了。狄拉就坐在床上,哭起来,竟激起道德的反省,以为人生是悲苦,呼吸,与微笑造成的,不过呼吸稍占胜利。

这一份人家的女主人又渐从头一步降下到第二步,她抬眼看这间屋子。连着家具的一层楼房,每星期租金八块钱,这个屋不完全像乞丐住的样子,但也实在可以用这一类的字来形容他。

在楼下的走廊里,有一个永远没有信往里头掷的信箱,也有一个永远没有人手按它的电铃,还贴着一张名片,上面写着"齐姆狄林汉若儿"的名字。

在它的主人以前每星期挣到三十块钱的发达的时代，"狄林汉"会在微风中飞扬着。现在呢，进款减少到每星期二十块钱了，"狄林汉"这几个字母，也看着黑而且脏，似乎深深的思想着，带着恭顺而且谦逊的D字。但是无论什么时候齐姆狄林汉若儿君回家走到楼上的时候，他就被人称为金姆了，齐姆狄林汉若儿夫人并且紧紧的抱住他，这位夫人，我已经介绍过她给诸位，就是狄拉。什么事情都是很好的。

狄拉哭完了，用粉扑来拍她的两颊，她站在窗台旁边，痴呆的看着一只灰色的猫，在灰色的后园的灰色墙上走着。明天就是圣诞节了，而她所有的只有一块钱八十七个铜子，用来买东西送给金姆。她在这几个月里尽她力量所能够的，一个辨士、一个辨士的储蓄着，才得了这个结果，每星期二十块钱简直是不够用。费用的浩大往往出她计算以外。他们常是如此，只有一块钱八十七个铜子用来买赠品送给金姆，她的金姆。她费了许多快乐的时间，想着买一件好东西送给他。好看，稀贵，而且纯洁的东西——给金姆所有就会有些光荣的东西。

屋子的窗台中间有一面照身镜。诸位也许有看见这种的照身镜在一所八块钱租的房子里。一个很瘦小、很灵便的人,很快的在这长条镜里照他的影子,才能照得出来很好的正确的面貌。狄拉因为瘦小的缘故,也已得了这个法子。

她忽然很快的由窗口转过来,站在镜子前面。她的眼睛照耀得很明朗,但她的脸色在二十秒钟内竟失色了。她迅速的把她的头发披下来,让它引伸到全部的长度。

齐姆狄林汉若儿有两件为非常宝贵的东西。一件是金姆的金表,这是他的父亲与他的祖父遗留下来的。其他一件就是狄拉的头发。如果西巴女皇住在对面的楼房里,狄拉把她头发悬在窗外弄干它,她就足以损女皇的珠宝与贡品的价值了。如果苏罗门王是管家的人,他的屋基之上,都是财宝,金姆也要时时刻刻的把他的表拿出来,使他妒忌得只拉胡子。

狄拉现在把她的头发四披着,起了粼粼的波纹,照耀得如同棕色的小瀑布一样。它一直垂到她的膝下,自然的成了她的一种装饰品。过了一会,她又把它整理起来,很快的,很感动的。她踌躇了一会,静悄悄站在那里,眼泪一滴滴溅在旧的红色地毯上。

她穿上棕色的短衫,戴了旧的棕色帽子。裙子急转了一下,她就慌忙的出了房门,走下楼梯,到了街上,汪汪的泪珠还包含在眼里。

到了一个地方，上面写着"苏佛洛妮夫人，收买各种头发"，她就停止了。狄拉停步不跑，镇定她自己，不住的喘气。那位夫人，肥大冷酷，而且太白了，看来与"苏佛洛妮"不相称。

狄拉问道："你要买我的头发么？"

那位夫人道："我买头发。脱掉你的帽子，我要看一看你的头发的样子。"

棕色的小瀑布又波纹粼粼的垂下来了。

那位夫人用她有经验的手，把这一团东西拿了起来，说道："二十块钱。"

狄拉说道："快一些把钱给我。"

呵，以后二点钟她真带着玫瑰色的翼膀旅行呀。剪发的事，她已忘记了。她在各店中遍寻送给金姆的礼物。她竟然寻到了。这件东西实在是只为金姆做的，于别人一无所用。在许多店里，她把所有这一类的货都拿出来拣选了，没有一件是像它一样的。它是一副白金打的表袋链子，式样简单而纯洁，它的价值是完全在于它的本质里，绝不以异雕奇饰见贵——如同一切的好东西一样。配在它的表上尤有价值。当她看见它时，她就知道它一定是金姆的东西了。它同金姆一样，沉静而有价值——形容人与物都极恰当。她用了二十一块钱把它买来,只带着八十七个铜子回家。有了这个链子系在他的表上,金姆尽可以很热心的在无论哪一个地方讲论时候了。这个表虽然华丽,因为他一向是用一条旧皮带来代替表链,所以他有时只好偷偷的拿出来看。

狄拉到家的时候,她的高兴被智虑与理性夺去了一些。她拿出烙头发的烙铁来,把瓦斯灯点起来,去修补那为增加爱情的大量所致的损坏。这件事实在是一件可怕的事,亲爱的朋友们———一件伟大的事。

在四十分钟内,她头上就覆盖着微细紧密的鬈发,看过去奇奇怪怪的,好像一个逃学的学童。她在长镜里照她的影像,非常谨慎,并且自己批评自己。

她自言自语的说道:"如果金姆不杀死我,在他用第二眼看我以前,他一定要说我像一个加那岛(Coney Island)上的歌女了。但是什么是我所能做的——咳!拿着一块钱八十七个铜子,我能做些什么事?"

七点钟的时候,咖啡做好了,炒锅也早已摆在火炉上热着,预备着煎排骨。

金姆永远不会迟回。狄拉把表链双叠着拿在手里,坐在靠近金姆常走进来的门边的桌角。她听见他的足步声音在楼梯第一级时,她的脸竟变色了好一会。她有一个习惯,对于最简单的日常事情，喜欢默默的祈祷，现在她微语道："请上帝，叫他想我仍旧是好看呀。"

门开了，金姆走了进来，随手把门关上。他看着瘦小，并且庄严。可怜的人呀，他不过二十二岁——就有了家庭的负担了！他需要一件新的外套了，而他还没有手套呢。

金姆站在门内，一些不动，像一只猎狗闻得鹌鹑气味，他的眼睛凝注着狄拉，有一种表现在眼睛里，她简直不能知道他，这种神气真使她害怕。不是愤怒，不是惊骇，不是不信任，不是惧怕，也不是她所能预想得到的任何种的情绪。他只是定睛的凝视着她，脸上现出特别的表情。

狄拉袅娜的离开桌边，向他走去。

她唤道："金姆，亲爱的，不要这样的看着我。我已经把我的头发剪下来，卖了它了。因为我不能过圣诞节而没有送你一件礼物。

"它是会再长出来的。——你不要介意，介意吗？我正做这件事。我的头发长得非常的快。说'快乐的圣诞节'呀！金姆，我们快乐快乐吧。你不知道我给你买来的礼物是如何的美丽好看呢。"

金姆很劳苦的问道："你把你的头发剪下来了么？"他好像是在最辛苦的脑力工作后，还不能懂得这明白浅显的事实。

狄拉说道:"剪下来,卖掉了。你不喜欢我像从前一样么,怎么样呢?没有头发,我还是我,难道不是我么?"

金姆很奇怪的看了屋子一转。

他说道:"你说你的头发是剪下来了么?"

说话的时候,带着痴呆的神气。

狄拉说道:"你不必看它,它已经卖掉了。我告诉你,——卖掉并且被人拿去了。今天是圣诞前夜,孩子。你要对我好些,因为这件事是为你做的。我头上的头发也许是可以数的,"她用一种极为温柔的口气继续下去说,"但是却没有人能够数出我对于你的爱情。我可以把排骨上锅了么,金姆?"

出了他的迷惘,金姆似乎已很快的醒悟过来了。他抱着他的狄拉。用十秒钟的工夫,让我们小心细考一件不相干的在别一方面的事情。八块钱一个星期或是一百万块钱一年——有什么区别?一位数学家或是一位聪明人都要给你以谬误的答案,东方圣人带来许多有价值的礼物,但那件东西却不在其中。这个黑暗的确定,后边就要把它解说出来。

金姆从他外衣袋里,拿出一个匣子,把它扔在桌上。

他说道:"狄拉,千万不要误会我的意思。我绝不会想到剪了发或剃了脸或洗了头,就能使我爱我的女孩子少了一些。但是如果你解开了那个匣子,你就知道当初为什么你会使我如此的沉闷了。"

白手指很快的解开了绳子与纸包。于是起了一声大大的欢呼;后来,嗨!就很快的女性的变而为烦恼的泪珠与哭声,使得这楼房的主人立刻用上他所有的安慰的能力。

因为匣里摆的是一副头梳——全副的头梳,两旁及后面用的都有,那种头梳,狄拉在一个白罗特路的窗间想慕了好久了。美丽的头梳,纯粹的龟板做的,镶着珠宝的边——正配在美丽的已经剪去的头发上,她知道这副头梳确是很贵的,以前她的心中只有渴望、仰慕,而没有一些希望去得到它们。现在呢,它们是属于她的了,但是那些应该饰着这个渴望的装饰品的头发却是没有了。

但她只把它们抱在她的心头,最后,她微笑着,用蒙眬的眼睛看着它们,说道:"我的头发长得这样快啊,金姆!"

于是狄拉跳了起来,像一只被灼的小猫,呼道:"啊,啊!"

金姆还没有看见他的礼物呢。她把它摆在她的伸开的手心中,亲切的拿给他看。这个沉重宝贵的金属似乎照映出她的光明而且热烈的精神来。

"这不是一件很华丽的东西么,金姆?我找遍了市中才把它找到。你现在可以一天看一百回时刻了。把你的表给我,我要看它摆在上面究竟怎么样。"

金姆并不服从她,只在床上坐下,把手摆在头后,微微的笑着,他说道:"狄拉啊,我们把圣诞节的礼物放开,暂时藏起来吧。它们用当礼物固是极好,但实不合于现在的用。我卖了那个表,拿钱来买你的头梳,现在你把排骨放锅里去吧。"

你们都知道那些东方圣人都是聪明的人——非常聪明的人——他们带礼物给马槽里的小孩。他们发明了送圣诞节礼物的方法。因为他们聪明,所以他们的礼物不用说也是很聪明的,能够有互易其重复之物的利益。在这个地方,我却很无能的告诉你们住在楼房上的两个愚蠢的小孩的不甚重要的历史,他们非常不聪明的互相牺牲了他们屋里的最大的宝物。但是对着这些时代的聪明人,我却要说句归结的话:所有送礼物的人中间,这两个人可算是最聪明的了。所有授受礼物如他们一样的,都是最聪明的。无论在什么地方他们都是最聪明的。他们就是东方圣人。

O. Henry 的原名是 William Sydney Porter。约在一

八六六年的时候，生于美洲之北加罗林那（North Carolina），很小的时候，就随着他的母亲迁至 Texas 住。在 Texas 住了好数年，他只是非常活泼自在的在牧场上游戏。长成的时候，对于著作极有兴趣。他的最初的作品登在 *The Houston Post* 上。后来又到中美洲去旅行了一趟。归后，就在本地一间药材铺里当书记。仍旧闲时投稿到 New Orleans 的各日报上。他的著作大概都是小说，很受纽约及其他各埠的人的欢迎。自此以后，一直到了一九一〇年他死的时候，他都不断的为创造作品而努力。他的名字也一天高似一天。当时的人都极为他的作风所感化。

他的作品极简明，极紧迫，又极有精神；充满着有意识的滑稽。但因他带着地方的色彩过多的缘故，外国的人却是极少读他的小说的。所以他的名字，除了美国以外，在别的地方，都不甚知道。

在文学史上看起来，他的作品似乎也缺少些永久的价值。大概他的永久价值的减少，就是因为他的作品带了太多给当时的人欢迎的性质的缘故。

但无论如何，他的文学的艺术终究是非常高的。

他的艺术似乎有一些学 Kipling；他的方法与作风

都有意无意的很受了 Kipling 的影响。Maupassant 的风味在他作品中也常可以闻得到。在美国，常有人拿他与 Maupassant 相提并论。

他的主要的作品有：

（一）四百万（*The Four Million*），

（二）一个地方的报告（*A Municipal*），

（三）精明的职业（*Strictly Business*），

（四）专门技术的错误（*A Technical Error*），

（五）第三成分（*The Third Ingredient*），

（六）城市之声（*The Voice of the City*），

（七）新天方之一夜（*A Night in New Arabia*），

（八）奥托等候之时（*While the Auto Waits*），

（九）前驱者（*The Harbinger*），

（十）*Calloway's Col*，

（十一）人们的统治者（*A Ruler of Men*）及 *Brick-dust Row*，等等。

这篇《东方圣人的礼物》是他在一九〇五年的时候做的；为《四百万》中的很好的一篇短篇小说，颇足以表现出他的作风。

我译完了它之后，只深深的感受到它的优美；不唯叙述的手段很好，而其故事之本身，尤足以默然动人。我译完了，再读了一遍，只是深深的感动。言语似乎是不能表现出我个人的感情。我相信读者也都同样的得到这个经验。

原载 1922 年 5 月《小说月报》13 卷第 5 号

麻雀

————————————————————————[俄]屠格涅夫

我打猎归来，沿着花园里一条大路走着，我的狗在我前面跑着。

它的足步突然慢了，开始偷偷的走着，好像要同什么东西开玩笑似的。

我向大路看去，看见一只小麻雀，它的嘴连头都是黄色的。它是从巢中落下来的（大风很猛烈的摇撼路旁的桦树），坐着不能转动，无助的拍着它没有长成的双翼。

我的狗慢慢的走近它，当时，突然由最近的一棵树上，冲下一只黑喉咙的老麻雀，如一块石头似的，直落在狗的鼻上，全身的毛都竖乱着，又是恐怖，又是失望，又是怜惜，它自己两次飞向狗的张着光耀之齿的口里。

它冲去救助，它要在它的小雏前面牺牲了它自己。……但是它的小身体的全部却因为恐怖而颤战着；它的鸣声压抑而奇异。因恐怖而晕绝，它把它自己牺牲了。

在它看来，这只狗是如何一个伟大的恶魔呀！然而它却不安坐在高枝上避危险。……一种比这个强大的力量使它飞了下去。

我的突勒沙(狗名)站住了,退回了,……显然的它也认识了这个力量了。

我急忙把这只迷乱的狗呼走了,心中充满敬意的离开了它们。

是的,请不要笑。我为了那只细小的英雄之鸟,为了它的爱的冲动,感得一种敬意了。爱,据我想,是比死或是死的畏惧心还强烈些。只有因了它,——因了爱——生命才会团结,才会前进。

一八七八年四月

原载 1925 年 1 月《小说月报》16 卷第 1 号

老太婆

[苏联] 赛甫琳娜

老太婆的儿子回家时，她正在天井里。她带了一个谷桶去喂猪。他远远的走着时，她已从大门边的小猪栏里看见他了。她立刻认出是他：她自己的亲骨肉。但她并不向前去，迎接他。她直起身体来，双手在她的衣衫上擦了擦，双眼直视在她儿子的脸上。

她儿子也一抬眼便立刻看见她了：他的母亲已现老态了。她的背弯曲了，好像有一小峰凸出于背上。胸部干皱了，陷落了。从帽子之下，露出几丝头发来，它们已不是黑中间斑的了，全都是雪似的白。在清朗的灰色眼睛中的视线还没有死，它仍还尖锐，仿佛有一块熊熊的煤块在里面烧着。他对那个视线微笑着。

"哈罗，母亲。你为何这样冷容的接待我？仿佛是一个不认识的过客走进你的天井一样。"

老太婆压紧了她的薄而无血色的唇片。她徐徐的不大愿意的答道：

"我们从前也常常的在欢迎过客。我们在没有一点东西也不剩下之前总是不拒绝他们的面包与盐的。你是请假回来的么?"

"啊,是的。我要看着我自己的母亲。据现在的情势看来,你仿佛是竟不肯让我进屋。我听见人说,你是生气着,但我想,无论怎样,一位母亲……"

"为什么不肯让你进屋呢?这是你父亲的房子。他造了这所房子,为了你的孩子们为了你的家庭。你是他自己的儿子。走进来也许你还得赶我出去呢。"

安特甫拍拍他的身边,笑了。

"唔,我知道,母亲,你一定会这样的款待我的。但不要紧,这不会伤害我的。我不是那一类胆怯的人。我并不是一点也不像你。妈妈把我焙成了像她自己的一个模型,你可以说。但我要一点喝的。我从车站步行而归,我的喉咙发烧了。茶缸怎么样了——你还有着没有?"

他们已经站在屋里了。安特甫以清朗柔和的视线四处的望着,他望着黑色的床柜,望着一角上的古旧的圣像的阴惨之脸,望着板凳与家织的桌布。他的脸愉快的赧红了——仿佛是春日在他心内融和着。它是更温柔、更和善了。但老太婆却更为黑暗了,她的视线也更为锐利了。她以愤怒的声音说道:

"同志们还没有把茶缸取了去呢。但我要明白这件事,当你生出时,当你少小时,你乃是我自己的。我喂养你,我看顾你。但现在你却回转头来反对你的父母了,却使你自己的父亲不得善终,我不想喂你,看顾你,蛇。房子是你的。住在这里。但至于说到食物呢,你自己照顾着好了。他们把一切东西都拿去了。我所吃的乃是我自己在老年所赚得的。我不欲我赚得的东西给了任何人。"

她的愤怒使她的脸更为年轻。安特甫将他的军帽抛在一张凳上。

"唔,如果你和你自己的儿子在五年不见之后这样的谈着,那么,我将不再打扰你了。但现在给我一点茶。我告诉你,我的喉咙干了。给我一点东西吃。我将付钱给你。"

老太婆望着他的风霜侵袭的脸,他的干唇;听见他的深沉的疲倦的呼吸,她的双眼似乎有一点儿软化了。她思索的答道:

"你既这样说,好的。你以后付钱给我好了。我现在将茶缸摆上了。"

但当她到了厨边,喧喧的在整理茶缸时,她以眼角去望她的儿子。她的心又为愤怒与痛苦所燃炽了。不,我亲爱的,不,孩子,为我所生所育而仅只使我悲苦烦恼,你不能使你母亲如何空想的而想着。我将带着我的信仰和我同度老年。我保守着我的信仰,并不是和平而甜蜜的。我的背部成了如车轮的样子,我手上的血管都成了结,我的骨节中也常是痛楚,这并不是没有缘故的。但我已带了我的信仰到了我的老年:人在上帝之前,必须谦恭的走着。每个人都要在他的控制之下,每个人都要在他的地位之上。因为一个农人,便自肉至骨都是一个农人,书上写的:以苦作赚得你的面包,生育你的孩子们,留他们在你的位置上,装配以曾经装配了你的同样的生活。我们活着,我们工作着。不是没有悲愁,也不是没有痛苦,但我们得的是有的地方。我们不算在第一等人中,但也不算在最末等的人中,我们是在村中人以他们的工作而为人所敬重的人中的。我们的根中,产出了三个孩子,活着为上帝而服务。女儿们呢,唔?她们为别人而工作着。我们嫁她们到了别的村上去。她们既不有益,也没有害。有时她们使母亲的心记挂的,有时则使母亲快活着。但不是为了家庭,也不是为了将来。她和她的老头子,其希望全在他们的儿子们身上。上帝是不高兴着,他取去了好的儿子们给他自己了。一个为一辆货车所压死,他从磨坊驱车回家,从座位上跌出去。别一个为皇帝而战争死了,他没有留下他自己的孩子。他的妻一点也没有好处,她是不能生育的。现在她嫁了第二个丈夫，仍然不曾生过孩子。他们对于最初的、最年轻的，常常以比之别的儿子更有希望的眼光看着他。他是聪明机警的。但她和她的老头子似乎在上帝之前犯下了不可恕的罪恶。他以这个孩子责问他们，他们所希望于他的是他们的老境的快乐。当皇帝被推倒了，而杀人犯昂步于全个帝国时，孩子请假回家了。其初，什么事都是好好的过着。每个人在村中都满意着。他知道读书，他的头脑是对的，他常常知道一个农人所恰要知道的事。战事侵入他们的农场一点了。在雇工之外，一个年轻的仔细的主者是需要着。老头子有了疝气病。他的能力和他的看顾力渐渐的减少了。他们想，他们能够不久之后便可脱离他们的烦恼了。但他们的儿子，他们的快乐却反穿了衣服——毁坏了他们。在那一次请假回来时，他带了快乐给他父母，但他在家里的日子很短。他一年以后又回来了，成了别一个人，血与脑都截然不同。

经过了一点的踌躇支吾之后，他说道："我是一个共产党。"他又说道："怎么，你们倾向于反对方面么？无论如何，你们只有了一点土地。以你们的脊背去庇护着别人的仓廪是没有用处的。"

父亲在心底便是一位谦抑的人。在实际上，母亲乃是一家之主。在村中，人家都笑道：

"如果你要问加米安要什么东西，问他的妻子好了。她是穿着几条裤的。"

但他却是一个端正的人。他不喜欢无秩序，且常常是虔敬上帝的。而老太婆也是热烈的信仰着的。那便是她所有的那种心胸。她喜欢祷告，整整几夜的都耗在祷告之上。她因为不曾成了一个女尼之故，不知有多少次曾向上帝求恕！当她做女儿的时候，她是与现在不同的。她在她的少年时，曾和她的丈夫分享到许多的温甜而秘密的罪过。她从不曾忏悔过。然而到了老年，她却渴慕着上帝了。因此之故，虽然他的儿子给予他们的损伤是很深，虽然他的生活是与他们所期望的恰恰是一个反面，虽然他们对于他们所储蓄的，所得到的东西十分的看重，然而他们仍然能与他和好了。他们是为他而储蓄的。时间过去了，真正的秩序将要回到他们的生活中，而他们的儿子也将改心换意的。他将要开始顾想到他自己的农田，他自己的利益而不去孜孜的为别人的需要而工作着。这乃是为了信仰，为了忠于上帝之故，使他们之间发生了冲突。儿子宣言道，共产党不仅要打倒皇帝，也还要打倒上帝。他侮辱他的母亲道：

"你咆吼些什么？你的上帝真帮助了你不少！当你在地

板上磕头，祷求保全彼特加的性命时，我的哥哥的性命究竟保全了没有呢？"

于是他更苦笑的说道：

"在全个村中，你的祈祷，服侍上帝是比之别人格外的虔诚的，然而莫基·史特班尼契，他从不曾祈祷过上帝的，他的屋上却有了一个铁的屋顶，他家庭里的一切也都顺顺利利的。他以欺诈成了家，你的上帝似乎也和我们的老镇代表一样，——他爱诈欺取财。"

他激动了老太婆的热心。她顿着足，带着畏敬的指着一个圣像而誓不以他为子。

"你不是我的儿子！我不欲有一个亵渎上帝的儿子，不欲以此罪过载在我的灵魂上。随你的意思到哪里去。我们还活在世上时，请你不要回家来。"

老头子和他的妻一样，对他儿子责骂着。

"我们托着我们的担负而等候着，而这个便是我们在老年时所得的酬报。我们忍受不住了。这是一个罪过，不能以祈祷洗刷得去的。我们全家都是虔敬上帝的。我们不能够和你住在同一家屋内。等到我们死时，你来做我们的儿子和承继者吧。而现在，上帝告诉我，不让你接近于我。回到城里去。我们将设法度过我们的生命以至于结局。没有孩子，我和老太婆两个。"

他说了这些话,但当儿子离了家时,他却开始想念着他了。他渐渐的瘦弱了,总不能够注力于农场的事。每当他从床上起身,而郁郁不欢的时候,母亲便知道他一定在他的梦中见到安特甫加了。他们常常听见人家说起安特甫。即在城中,也是每个人都知道他。村中的人们因为城中的索取供应而迁怒及于安特甫的双亲。

"你们生了孩子。你们放纵了你的坏孩子来害全个世界。你们受苦是活该的。但我们为什么也要受苦?"

但村中比较穷苦的居民,在这些日子气概已显得不同的,却以不欲闻的消息来报告他们。

"他们说,安特甫同志要在下种时到这里来了。每个人都说他是一个好人,一个真实的好人。"

但谁在颂扬着他呢?那些她和她丈夫所喜爱的人们,他们和这些人们同住得和和平平的,现在他们却掉头而去的了。但那些喧哗的、庸碌的佃农,他们没有寸根尺土的却亲亲热热的待遇着两位老人家,过于像亲戚们了。

老头子叹息着,忧愁的咳嗽不已。他以黑暗、疲倦的双眼望着他的院子——院子中没有牛,只有一匹马。他今年连下种的话也不提起了。老太婆比从前更长久的、更热心的祈祷着。

"我的主,父,慈悲的上帝,请不要发怒。请宽恕了安特甫加的罪过。请不要责罚安特甫加的亵渎之罪。请怜恤我们。"

但上帝并不忘记了那个罪过,他一无怜恤的责罚他们。

共产党的势力久站下去。正如安特甫所说的,他被村中的头领们所十分尊敬。他们庆祝着他们自己的一个新的节日,不是上帝的,不是宗教的。他们糟蹋了三码多的红绒布。除了作为红旗用的绒布之外,他们还用来做他们的一种新的发明。他们将绒布的两端缚于两个杆子之上,将她放在古老的村中会议室的阶前。一个新来的画家在那匹绒布之上,以白粉写上几个字:

"卡尔·马克思和安特甫·西马金同志万岁!"

那当然指的是安特甫加。安特甫为此之故,曾代这个画家在城里寻到了一个职业以为报酬。他的名字,和共产党领袖的名字是并排在一处的。老的百姓们竟不能够说出这位共产党的名字来。而比较富裕的农人的孩子们却开始以安特甫为取笑之资,称呼他为"卡拉"。他们怕那位老婆。虽然她是年纪老了,然而她却是不怕打架的。但他们却毒害了那位静谧的老头子的生命了。每当他们遇见了他,他们便叫

唤道:

"战神的砰声!"

老头子将他的头更深的埋在他的双肩之内。

他匆匆的回了家。他羞辱了,不再在街上走着了。他几乎不能够收拾他的农田的事。但当城中征求粮食的事发生了时他却突然的开始活动了。

"我们要隐藏了它。如果我们能够,我们要留下一点儿。我们早已是损失得够了。"

他以恐惧而且希望的心,静静的再加上去说道:

"也许安特甫他自己有时要需到它。"

他不说下去,等候一个回答。但老太婆却不说一句话。

他隐藏了东西起来。帮助他的人却第一个去告发他。那便是要报复安特甫。老头子被带到城里去了。在城里,从恐惧或希望中,他遇到了他的结果。他没有回家来。这乃是他亲爱的儿子拖他进了坟墓。如果不是为了那件隐匿财产的事,他也许可以多活几时。……现在他的儿子却正坐在桌边,等着吃东西了。一点也不想到或顾到他的父亲。他竟不问一句话,他竟不道歉一语。而他正坐在圣像之下,在他的草庐之中,像一个不信仰者。这乃是因为他的缘故,上帝才和他们发怒。一切东西才都失毁了,所有留给她养老的东西，剩下的只有愤怒与忧愁了。她发狂了。她的发火的双眼，由她的儿子转到圣像。她的心失在一种秘密而热诚的祈祷之中。

"不要记住，唉，上帝。至少在他死后给他安息。让他进了天堂。不要让他在地狱中受苦。"

她望着她的儿子，仿佛他乃是她的死仇。她抢夺似的给他东西吃。他以一种恬静思索的眼光回顾着她，说道：

"你还不曾宽恕我呢，母亲。你心上所有的怨恨，你永不曾抛却。好，我也正像这样。你的愤怒和你的谈话都不能感动我。我们不能同住在一个屋内。好的。你给我吃过，现在我要走了。我去找另外一个地方去住。这一顿东西你说要多少钱呢？"

他母亲愤怒的望着他。但她的语声还恬谧，当她说道：

"我不想为你而损失了些什么。你吃了鸡蛋、面包，喝着牛奶。我现在正计算着你们城市中的所值的市价。"

她干涩的硬心的说出价钱来，然后她又说道：

"我必须说，我有着你们的纸币，不知怎么办好。即使我得到了它，它不会证明我已经得到了钱。你们已经把事情带到这样的一个地步了，即使是钱，也一点无用。"

安特甫苦笑着。

"我要给你一件衬衫。我在背囊里有一件干净的。事情已到了这样的地步,你也可以从你自己儿子身上割剥去他的衬衣。"

她镇定的取了衬衣去。她将它摸平了,仔细的折了起来,将它放在一只箱内。

安特甫站了起来,咳嗽着,空空洞洞的说道:

"唔,好了。现在再会。"

他镇定的向门口走去。然后他停了步,又向他母亲望着。她的脸似是石做的。两对的眼光碰到了,这两对眼是很相像的。老太婆先将眼低下了。她枯声的说道:

"再见。"

儿子将双唇紧紧的合着,仿佛他的齿伤着他。这使他更像他的母亲。他看来更老,更严厉。然后他回过身去,走出了门。

那一夜,痛楚在啮咬着她的心。她赶出了她自己的儿子。也许他们彼此从此便不再相见了。她低首在圣像之前许久许久,她的思想又刚硬了。

"为了上帝之故,圣徒们曾受到比这个更痛楚的遭遇呢。"

她的儿子不再回到村中来。但在他的浪游时,他娶了一个女子同去。不合法的。又引起了许多的闲话与责备。但老太婆不久便阻止了它。

"我没有儿子。那个不信上帝的人并不是我的儿子。我已不以他为子的了,不要将关于他的话来扰我。"

过了一年之后,哥萨克人在那个村边占着上风了。他们回来,代替了共产党的地位。老太婆听见了谣言说道:

"安特甫似乎被杀了,或者他是躲在什么地方。他们说,他被捉了。但似乎以被杀之说为更可靠。他的女人,东迦·孚洛希洛娃被捕下狱了。他们现在放她出狱了。她住在城里。"

这一次老太婆并不驱出以说谣言为业的人了。她将她的披肩,移下她的额前以柔和的声音问道:

"那妇人是怀孕着不是呢?"

"他们说,她是怀着孕呢。他们说她的生活很艰苦。她是赔偿着别人的眼泪呢。"

但老太婆剪断了这个谈话,说道:

"我必须到玛利亚那里去接受她的孩子。他们呼唤着我呢。唔,这是工作。如今是孩子们不养活他们的父母,别的人更不能无所求而做这事。我需要食物,我没有时间闲谈。"

她走出了屋外。

但从那天起,她仿佛是融和下去了。过了一个星期,她预备要到城里去。她竟预备了一支拐杖作为旅行之用。但疾病却来侵袭她,使她不良于行。临近于死时,她似乎更为和善了。她对玛利亚,兵士的妻说道,她正跑进来看她:我以为现在我有一个孙子生在城里了。我想去看看他。但上帝却不允许我。我想,他还不曾宽恕安特甫加呢。唔,我想,这将如大慈大悲所命令的。

突然的她开始悲恻的哭了起来,好像一个小孩子。玛利亚诧异起来。老太婆是强硬的。当习惯需要她的眼泪时她才哭。现在她却躺在那里号啕痛哭,正在临死之前。两天之后,结果便来了。

原载1929年4月《文学周报》

第8卷第14—18期合刊

图书在版编目(CIP)数据

郑振铎译作选/郑振铎译;陈福康编.—北京:
商务印书馆,2019
（故译新编）
ISBN 978-7-100-17533-3

Ⅰ.①郑… Ⅱ.①郑…②陈… Ⅲ.①郑振铎
（1898-1958）—译文—文集 Ⅳ.①I11

中国版本图书馆CIP数据核字（2019）第103418号

权利保留，侵权必究。

故译新编
郑振铎译作选
郑振铎　译
陈福康　编

商 务 印 书 馆 出 版
（北京王府井大街36号　邮政编码100710）
商 务 印 书 馆 发 行
上海雅昌艺术印刷有限公司印刷
ISBN　978-7-100-17533-3

2019年8月第1版	开本 787×1092 1/32
2019年8月第1次印刷	印张 11¼

定价：56.00元